タブッキをめぐる九つの断章

境界の文学

WADA Tadahiko

タブッキをめぐる九つの断章

和田忠彦

editorialrepublica
共和国

Alla memoria di Antonio e Remo

出遭いと記憶から
旅の書物へ

たぶん、現実というものはそれ自体が幻想的なのでしょう。あの旅から何年も経ったいまでも、アソーレス諸島は再訪していません。あの島々がまだあるのかどうかも分かりませんが、おそらくあるのでしょう。地図を眺めていると、よく見かけますから。

ひとりの作家と過ごした時間が、時を経るごとに濃密に感じられるようになるのはなぜなのだろう。たまたま出遭って、まずは書物で、ついで本人と、ゆっくりとことばを受けとめ、やがてこちらからも手渡すようになって、ひとりっ子として生まれ育った自分には判らないのだけれど、なにやら年の離れた兄弟のような、歳の近い叔父のような、そんな身近な存在が、きっとアントニオなのだろうと思うようになっていった。

このちいさな書物は、そんなひとりの作家との出遭いと記憶と、そしてこれから書かれるはずのふたりの旅の年代記にむけた覚書のようなものだ。

場所というのはけっして単なる「その」場所ではない。その場所はほんの少しわたしたちでもある。ともかくもいつの間にかわたしたちが自分の内側に抱え込むようになって、ある日、偶然、そこにたどり着いている、そんなところだ。

旅の書物とよべる記録のなかにわたしたちの作家が遺したことばをたよりに、しばし自分が紡いできた作家をめぐることばをふり返ってみれば、つぎにたどり着く先もおのずとみえてくるだろう。

そこに着いた日があたりかはずれか、それは場所に左右されるわけではなく、わたしたち次第なのだ。その場所をわたしたちがどんなふうに読むかに掛かっている。心の中、瞳の中でわたしたちがその場所をどんなふうに受けとめる用意があるかに掛かっている。

さてわたしたちの作家アントニオ・タブッキをめぐる旅をまずは一九九九年リスボンからはじめることにする。もっともタブッキの読者なら、すでにおわかりのように、その旅の行き先は、もしかしたらどのみちいつも同じ場所、そう、わたしたち自身であるかもしれないのだけれど。

旅でたどりつく土地はどこも、わたしたち自身のX線写真みたいなものだ。

タブッキをめぐる九つの断章

目次

一、タブッキの風景を旅して

リスボンから、ユーラシア大陸の最西端へ、ゆっくりと、およそ四十分かけて、カスカイスというちいさな海辺のリゾート地へとむかう。行程四十キロメートルの大半が単線のローカル列車にゆられながら、車窓を流れる風景をながめていると、不思議な既視感におそわれてくる。左手にひろがる海際のながめも、右手をゆるやかに上る傾斜地のながめも、たしかに見たことがある。

四月半ばの週末、いっこうに暮れようとしない長い昼下がり、なんとも不揃いな四人連れが、それぞれに、一篇の小説に描かれた風景を、目の前のながめに重ね合わせていた。ときどき「EXPO '98」と記された垂れ幕を目にするたびに、一九九九年のいまへとひきもどされるのだけれど、わきから、ほら、ここがペレイラの、と小説家のかすれた声がして、すぐにまた、小説で見た風景に目を凝らす。連日、アドリア海の対岸から、戦禍を逃れて難民たちが押し寄せているイタリアのいまを、つい忘れてしまいそうになる。

その小説『供述によるとペレイラは』の作者、アントニオ・タブッキについてシンポジウムを開くからと誘いがかかったのは、一九九八年秋のことだ。主催は、リスボンに本部を置くグルベンキアン財団。会期は九九年四月十三日から五日間。タブッキの小説作品を原作とする演劇と映画の上演や、世界三十カ国以上におよぶ翻訳書をふくむ著作の展示、作家との協同作業から生まれた美術作品の展覧会も、併せて開催されるという。さながら「タブッキ週間」とでもよぶのがふさわしいほど大掛かりな企画だ。

少なからぬためらいをふりきって春のリスボンを訪れる気になったのは、タブッキ夫妻の熱心な勧めもあったが、それ以上に、外国籍の、それも存命中の作家のために、惜しげもなく労力と財力を注ぎ込む財団に対する好奇心だった――晩年をポルトガルで過ごしたアルメニアの石油王が遺した、ヨーロッパ有数の潤沢な文化財団だからといって、なにもイタリアの作家を採り挙げなくとも、自国にはジョゼ・サラマーゴというノーベル文学賞作家もいれば、ペドロ・タメンという現代詩人もいるではないか。なのになぜタブッキなのか。

ポルトガル文学研究者として出発したひとりのイタリア人が、いつしか作家として世界的に知られるようになる。その作品の時空間には、たえずポルトガルが透かし地紋のように張りついている。そしてあるとき、作家は、ふと当然のようにして、母語ではないポルトガル語で一篇の小説を書きはじめる。『レクイエム』（一九九一年）――詩人フェルナンド・ペソア（一八八六－一九三五）を影の主人公とする小説は、〈ポルトガルの作家〉タブッキの誕生を意味するものだった。その背景に、傑出したポルトガル文学研究者タブッキの存在があることは言うまでもない。ポルトガルにおけるシュールレアリスム詩のアンソロジー『禁じられた言葉』（一九七〇年）を起点に、すぐれた翻訳と紹介によって、世界に先駆けてペソアの全体像を描きだし、詩人を、ときにジョイスやプルーストと並び称されるまでの存在に押し上げたからこそ、ポルトガルはタブッキを自国の作家に加えることを望んだといえる（当初シンポジウムの使用言語からイタリア語が除外されていたことも、そうした〈国家〉の企図と願望のあらわれだ）。シンポジウムの冒頭で読み上げられたポルトガル大統領のメッセージも、それを端的にしめすものだった。ただ「自国の作家」と讃辞を贈られた当の本人は、当惑の表情を隠さなかった。

ポルトガル語で作品を書いたこと自体は、タブッキ個人にとって、のっぴきならない選択の結果であっても、たとえば〈国家〉にとっては偶然のできごとでしかないからだ。そもそもペソアこそ、たえず言語や国家という制度的な枠組みを擦り抜けて表現をつづけた〈越境〉の体現者にほかならない。

その意味では、ペソアもタブッキも、コンラッドやベケットの系譜に連なる〈越境の文学者〉として、すぐれて今日的な文学状況を反映している。だからこそシンポジウムは「不安な作家の地理学」と題されていたのだ。そして発表者十六名にもとめられていたのは、タブッキの描く仮構の地理学に導かれるようにして、眼前の現実をしのぐリアリティの在り処をさぐることだけだった——ペソアはもちろん、リルケが谷崎がパゾリーニが、タブッキの世界にリアリティをあたえる虚構の衛星都市として、あざやかに浮かび上がった。
長い五日間が終わった翌日の土曜日、夫人の誕生日を祝うために、ぼくらはカスカイスにむかった。小説家タブッキの生みの親となった文芸記者、『レクイエム』をイタリア語に訳した劇作家、翻訳者のギリシャ人編集者、そしてタブッキという道連れで、最初は奇妙にはしゃぎながら、最後は一様に押し黙って、それぞれにタブッキの風景を旅していた。

読売新聞、一九九九年五月九日付夕刊を改稿

二、夢の痕跡、夢のほんとう

『夢のなかの夢』

きみの不可思議な物語を紡ぎだす

一瞬の閃光

エウジェニオ・モンターレ

『夢のなかの夢』*Sogni di sogni*, Sellerio editore, Palermo 1992は、タブッキが愛娘から贈られた手帖に、二十の夢を綴った連作断章短篇である。

『インド夜想曲』（一九八四年）と同じシチリアの出版社の叢書「記憶」の第二六七巻にして、藍色の表紙に、あわい色調のピエール＝ピュヴィ・シャヴァンヌの「夢」の一部分をあしらった美しい書物『夢のなかの夢』のなかで、タブッキは、自分の愛する芸術家たちがどんな夢を見たかを想像し、でっち上げ、仮説を立てることによって、かれら一人ひとりに捧げる夢のオマージュを織り上げていく。オマージュは同時に、タブッキがその芸術家をどうとらえているかを示す批評でもある。ひとりの芸術家の生涯のなかから、ある特定の一夜だけを選び出すということは、すでにそれ自体批評行為なのだ。巻末に附せられた「この書物のなかで夢見る人びと」と題された、それぞれの芸術家の生涯についての簡略な紹介も、読者の夢の理解を助けるようにとの配慮が生んだものであると同時に、作者のかれらにむけるまなざしが切り取った批評的断片でもあるだろう。

「覚え書」のなかでタブッキは、けっして誰も知り得ないかれらの真夜中の精神世界を知りたいという誘惑がいかに強いものであるかを告白している。それは、『黒い天使』（一九九一年）や『フラ・アンジェリコの鳥たち』（一九八七年）をはじめ、タブッキの作品ほぼすべてに共通する欲望でもある。タブッキは、失われ欠落したもの、もしくは不在を物語ることだけをしてきたのだといってもいい。タブッキにとって、不在は、冥界からとどけられる死者たちの〈声〉に耳をすまし、付き従うことによって、輪郭をあらわすものらしい。もちろん言葉によって不在を縁取ることは、その不在の大きさを確認する作業にほかならない。

第二の断章、オウィディウスの夢から、最後のフロイトの夢にいたる十九篇は、実在の芸術家に捧げられているが、最初の断章「建築家にして飛行家、ダイダロスの夢」だけは、架空の人物が見たかもしれない「ほんとうの〈嘘〉の夢」である。

夢を描いた書物は多い。というより夢と無縁の書物などありえないだろう——一九九三年秋の初め、ミラノから帰る飛行機のなかで、この薄くてちいさな書物を読みながら思い出したのは、漱石の『夢十夜』でもボルヘスの『夢の本』でもなく、十年以上前に読んだ一冊の夢の書物のことだった。憶えていたのは、緑の函に入った美しい書物で、ミシェル・ビュトールがチェーザレ・ペヴェレッリのエッチングに寄せた「影の夢」と「ポール・デルヴォーの夢」の二篇、それにかれの東京での講演が収められていたということだけだった。

家に帰ってから捜しだしてみると、付箋が何枚か挟み込んであった。

灰色にくすんでいる、憂鬱だ、失敗した日常生活、——ところが突然、ほら、もっとずっと面白い何物か、自己の恐怖をちがうふうに生きるやり方、それを裏返すやり方が見えてくる。そしてそのときから、ひとつの物語が組織される。新しいいろいろな要素が壷から出てきて、たがいに試しあい、結びつきあう、――それこそは勝利！

夢を上手に活かせないと、私はまたその夢を祓い清めることにも失敗したことになる。夢は私を馬鹿にしながら、するりと身をかわして逃げてしまうのです。

夢のことを話したいと思うのは、ひとつには、その夢を追い払ってしまうため、夢を夢以外のものから切りはなし、昼の光をよりはっきりさせるためではないのか？　でも夢の話をしているうちに、夢は散りぢりに消えてゆく。

その書物『文学と夜』（清水徹・工藤庸子訳、朝日出版社、一九八二年）の冒頭に置かれた表題作、一九八〇年四月十六日東京で行なわれた講演録には、ほかにいくらでも刺激的な指摘があるのに、ことさら分かりきった箇所にばかり付箋がついている。なぜだろうと思いながら、ひさしぶりに全体を読み返しているうちに、どうやら夢の記憶が欠落している自分に夢の物語を組織する方途はないだろうかと考えあぐねていたことを思い出した。だが、タブッキを読み終えたばかりのぼくは、ビュトールの語るデルヴォーとペヴェレッリの夢と、タブッキの語る二〇の夢があたえる印象のちがいのほうに思いがむかってしまった。

デルヴォーやペヴェレッリの夢が一人称で記述されているのに対し、タブッキのそれは『ミラノ通り』や『心変わり』にあらわれる夢のように三人称で語られている。ただ、ビュトールが三人称で語らせる夢とはちがって、タブッキのそれは最初から徹底して閉ざされている。それはこの『夢のなかの夢』には、夢のほかに、何ひとつ物語がないからだ。言い換えるなら、これは物語のなかの夢ではなく、夢の物語であるからだ。かりにこの断章群が物語のなかの夢になるとすれば、それは読者それぞれが自分の物語のなかにこれらの断章を取り込んで、これらの夢の物語によって穿たれた物語論理の裂け目を丹念に点検しながら、語られなかった（あるいは語ることを回避してきた）自分の物語を増殖させ織りあげていくときではないだろうか。そうでなければ、この断章群は、三人称の専制的語り手に支配された、他者（＝読者）の介入を許さない〈閉じた〉夢記述でしかなくなってしまう。

「＊＊年＊＊月＊＊日のある夜のこと、＊＊はある夢を見た」と書き出されるのを読みはじめたとたん、読者はこれから語られる夢に自分の介入する余地がないことを識る。どれほど荒唐無稽であろうと、どれほどもっともらしかろうと、ともかくは遠過去で語りはじめられた〈夢のリアリティ〉を受け入れることからしか、『夢のなかの夢』には加われないということだ。架空の人物であるダイダロスもふくめて、ここで夢見る人びとが遺した（あるいは遺したかもしれない）テクストをぼくらは知っている。それらのテクストにこれらの夢を反射させることができれば、ぼくらのなかにあるかれらのテクストはあらたな光を返してくるかもしれない、そう思ってこの〈閉ざされた〉夢の物語を読むのでないかぎり、このテクストは気の利いた瀟洒な夢物語としか映らないだろう。夢の時間はいかにも夢らしくできあがっていなければならないとすれば、その出来映えを保証するのは、語り手のさりげない嘘の身ぶりであり、一分の隙もない仮構の構築であるだろう。

この書物でタブッキがどれほど見事に夢の物語を織りあげているかを確かめる手がかりとして、かれの研究対象でもあり、かれにもっとも影響をあたえた今世紀ポルトガルの詩人、フェルナンド・ペソアを例に見てみよう。

本書では十七番目に置かれた「詩人にして変装（なりすまし）の人、フェルナンド・ペソアの夢」は、一九一四年三月七日夜に設定されている。夢のなかで目覚めたペソアは、テージョ河畔に住むアルベルト・カエイロに逢うため汽車に乗り込む。なぜかテージョ河はポルトガルではなく南アフリカにあり、二十八歳のはずのペソアもセーラー服姿の少年になっているが、煙草は吸っている。カエイロから自分の声に耳をすまして詩を書きなさいと諭され、ペソアは別れを告げ、御者に「夢の終点」まで連れて帰ってもらうことにする。三月八日、ペソアの「勝利の日」がはじまる。

ペソアについて、タブッキには、訳詩集のほかに、二冊の書物と一冊の戯曲集がある。一冊は『人でいっぱいの鞄』（一九九〇年）と題されたペソア論を集めたもの、もう一冊は、ペソアの引用二〇〇のコラージュから成る『詩人は変装の人』（一九八八年）である。

後者の序文にタブッキは、このコラージュが「二〇世紀がわたしたちに託したもっとも驚くべき文学の銀河に点在する惑星や宇宙空間を旅するための〈ベーデカー（旅行案内書）〉であってほしい」と記しているが、二〇〇の引用が教えてくれるのは、〈ほんとうの虚構〉へとたどりつこうとした詩人を表現へと駆りたてた人物たち、リカルド・レイス、アルベルト・カエイロ、ベルナルド・ソアレス、コエリョ・パチェコ、アルヴァロ・デ・カンポスと名乗る仮構の存在を実在へと昇華させるほか逃れようのない、詩人ののっぴきならない生の在り様である。そしてそこには、本書『夢のなかの夢』においてタブッキにペソアの夢を語らせるよう仕向ける契機がいくつも認められる。

わたしは自分のなかにいろいろな人格を創りだした。たえず人格を創っている。わたしの夢はどれも、それを夢見はじめたとたん、その夢を見はじめようとしている別の人物の肉体に受け継がれてゆく。

創造するために、わたしは自分を破壊してきた。そうして自分の内部で自分を外面化してきたせいで、わたしの内部にわたしは存在しない。外部にしか存在しない。わたしは、多彩なドラマを演じるたくさんの俳優たちが通過する、生きた舞台背景なのだ。

わたしはいつも、秘密の約束に背く皮肉屋の夢想家だった。いつだってまるで他人か異邦人みたいに、自分のとりとめもない空想の敗北を愉しみながら、そのとき偶然自分がそうだと信じているものをながめてきた。自分の両手を砂でいっぱいにして、それから両手を開いて砂がこぼれてゆくままにしていたのだ。言葉だけが真実だった。ひとたび言葉が口をつけば、すべてが出来上がっていた。残りはいつものように砂だった。

わたしは短篇や書物の副題に人物を挿入することがある。そしてかれらが言うことに自分の名前を署名するのだ。なかには無条件に放り出すだけで、署名をするわけでもなく、かれらは自分がつくったのだと言う場合もある。人物の類型は次のように区別される。完全に自分から切り離してしまう人物たちの場合には、文体もわたしとは無縁だから、その人物が要求しさえすれば、自分のとは正反対の文体だってかまいはしない。自分の署名をつける人物においては、わたし自身の文体との違いはない。細部には致し方のない違いはあるが、逆にそれがなければ両者の区別がつかなくなってしまうだろう。

ひと言で現代芸術の主要な特徴を要約しようと思えば、それは〈夢〉という言葉のなかに完璧に発見できるだろう。現代芸術とは夢の芸術なのだ。

現代最大の詩人とは、夢の能力を最大に備えている人物のことだろう。

小説は、想像力をもたぬ預言者たちのおとぎ話である。

夢には卑俗な側面がある、だれでも夢を見るという。

沈黙が肉体をそなえはじめる。ひとつのものになりはじめる。

こうしてアフォリズムめいたペソアの言葉を編みながら、タブッキのなかに、みずからの「夢の能力」を試してみたいという欲望がふくらんでいったとしても不思議はない。

ポルトガルの未来主義との関係も取り沙汰されるペソアの「夢の芸術」という芸術観をなぞるナイーヴさはもちろん持ち合わせないにしても、「多彩なドラマを演じるたくさんの役者たちが通過する、生きた舞台背景」となって、夢の沈黙が「肉体をそなえはじめる」瞬間に立ち会う幸福を味わいたい、そうタブッキが考えたとしても当然だろう。とりわけそうした直接的契機をもたらしたペソアが夢見る瞬間に、それもペソアが詩的啓示を受けた夜の夢に言葉をあたえることは、逃れがたい誘惑だったにちがいない。

そしてペソアの夢を語るとき、その夢のなかに、ペソアが創りだした多数の人格のなかでもっとも大きな比重を占める人物アルベルト・カエイロが登場するのは、多少ともペソアに関心を寄せる者なら当然だと思うだろう。

先に挙げた『人でいっぱいの鞄』には、ペソアが自分の複数人格の生成について明かしている友人宛の書簡が付録資料として収められている。それに拠れば、アルベルト・カエイロは一八八九年リスボンに生まれ、一九一五年結核で没した人物。身長一七五センチメートル、やや猫背で、病弱のため顔色はすぐれず、髪は褪せたブロンド。教育は小学校のみ。終生テージョ河畔の村で大叔母と暮らしたペソアにとっては師となる人物、とある。かれの詩は、ペソアが創りだしたもうひとりの人格アルヴァロ・デ・カンポスを介してペソアに伝えられたとされている。そしてペソアの詩作にとって決定的な意味をもつことになったカエイロがペソアのなかに誕生した日、それが一九一四年三月八日なのだという。

タブッキは、この三月八日の前夜に照準をあわせ、ペソアが描いたカエイロのすがたを縁取りながら詩人の夢を語ろうとしたのだ。もし読者がペソアについてさらに詳細に調べてみれば、タブッキによって沈黙の縁から掬い上げられた詩人の夢がどれほどの資料に裏打ちされ、しかもタブッキの想像力によって、ペソアが描いた以上に活きいきとみえるかが分かるだろう。

そのときタブッキの語るペソアの夢は、もしかしたらペソア自身が見た夢より、はるかに〈ほんとうの夢（の嘘）〉なのかもしれないと思えてくるはずだ。

オクタビオ・パスは、一九六二年にメキシコ自治大学から刊行されたペソア選詩集の序文のなかで、ペソア＝カエイロについてこう記している。

カエイロは太陽であり、そのまわりをレイスやカンポスや、そしてペソア自身が回っている。かれら全員のなかに否定や非現実の微粒子がある。レイスは形式を信じ、カンポスは感覚を、ペソアは象徴を信じる。カエイロは何ものをも信じない。存在するのだ。

なにかの象徴としてではなく「存在する」夢――この書物のなかでタブッキが夢見た夢とはそんな夢なのかもしれない。

タブッキのもう一冊のペソアに関する書物、戯曲集（一九八八年）の表題のように、『果たせなかった対話』が夢のなかで実現され、繰りひろげられてゆくのに立ち会っているうち、いつのまにかタブッキの夢のなかに組み込まれてしまっている自分に気づく、そして自分の夢のなかでタブッキや二十人の芸術家たちの夢が息づきはじめる――この『夢のなかの夢』もそんな書物に仕上がっていたらいいなと思う。

イタリアでは一九九二年三月に出版された小説『レクイエム』のなかで、タブッキはジプシー占いの老婆にこう語らせている。

このままじゃいけないね、二箇所で生きることなんてできないんだから、現実の側と夢の側とになんて、そんなだから幻覚に悩まされるのさ、あんたは両手をひろげて風景を横切る夢遊病者みたいなもので、あんたがふれるものはみんなあんたの夢に組み込まれちまう、八〇キロもある太った年寄りのあたしでさえ、あんたの手にさわっていると、なんだか空気に融けちまうみたいな感じがして、まるであんたの夢の一部になったような気がするもの。

イタリア語ではなく、「愛と反省の場である」ポルトガル語で直接書いたとタブッキが告白する美しい幻想譚から、この言葉を読者に贈ろう。

『夢のなかの夢』解説、岩波文庫、二〇一三年九月を改稿

三、ペソアからの航海

前兆も徴候も何ひとつないこの日がわたしの非情な死の日だとは、
とうてい信じられなかった。

ボルヘス「八岐の園」（『伝奇集』より）

1

『フェルナンド・ペソア最後の三日間』(*Gli ultimi tre giorni di Fernando Pesoa*, Sellerio 1994) は、一九三五年十一月二十八日夕刻から十一月三十日二〇時三〇分にいたる時間枠のなかで、詩人ペソアの人生最後のひとときを再現した六〇頁余の書物である。

ただ精確に言うなら、「再現」されているのは、書物の副題にもあるように、詩人を襲う「幻覚」症状というか、夢幻体験なのだから、書物のなかに綴じ合わされた七十数時間を指して「時間枠」とよぶのはあたらないかもしれない。ちいさな貿易会社に嘱託として勤める四十七歳の男が生きる時間の指標は、夢ともうつつともつかない朦朧とした意識の隙間に、ほんの時折きれぎれに顔をのぞかせるだけだ。「最後のひととき」といっても、幻覚のなかの永遠につづく一瞬、けっして終わらないいまを指してのことだとすれば、タブッキは、わたしたちが「人生」とか「生涯」とか呼び慣わしているものが、詩人ペソアにおいては、始点と終点を備えた通時的な出来事の連続としてではなく、あらゆる出来事が一瞬のうちに凝縮された共時的な事件としてとらえられていたと主張しているのかもしれない。

それは、たとえばボルヘスが「八岐の園」(『伝奇集』所収)において、愈存博士による陳述として書き留めた「いま」に似ているようにもみえる。

あらゆることは人間にとって、まさしく、まさしくいま起こるのだ、と考えた。数十世紀の時間があろうと、事件が起こるのは現在だけである。空に、陸に、海に、無数の人間の時間があふれているけれども、現実に起こることはいっさい、このわたしの身に起こるのだ……。

第一次大戦中のドイツ帝国スパイ愈存は、死を賭して任務の遂行に赴く寸前、こう考えることで死の恐怖を克服したと、陳述のなかで回想する。不可解なイギリス人中国学者殺人犯として絞首刑を宣告された中国人にとって、曾祖父崔奔の遺した小説『八岐の園』に示された「あらゆる可能性をはらんだ」無限の時系列、それもおそらくは未来が過去に直結するような円環構造をもった時間が、「いま」という指標だけをたよりに実感された瞬間である。

けれど同じく死を目前にした状況にあって、愈存とペソア、あるいはボルヘスとタブッキとでは、「いま」の引き受け方もしくは共時性の磁場が異なっている。どちらの場合も、事件はすべて「いま、ここ」でだけ起きるのだが、その「いま」を引き受ける「わたし」の在りようがちがうからだ。愈存のすべてを引き受ける「わたし」が固有の肉体と不可分な単一の現実的存在であるのに対し、ペソアのそれは固有の妄想が生む複数の精神的存在である。

そうしたペソアの「わたし」の在りようをうかがうことのできるくだりが、かれの死後公刊された一通の書簡のなかにある。

そこでわたしは存在しない「党派集団」を創りだした。そのすべてを現実のかたちにはめこんだ。影響関係をみつめ、交友関係を知り、心の中でかれらの意見の相違や議論に耳を澄ました。ずっとそんなふうにしていると、あらゆるものの創造者たるわたしがいちばん影の薄い存在であるような気がしてくる。言ってみれば、あらゆることがわたしとは無関係に起きたのである。そしてこれから先も同じように起きるだろう。いつの日かわたしが、リカルド・レイスとアルヴァロ・カンポスのあいだで交わされた美学論争を公刊することができたなら、このふたりがどれほど懸け離れた存在か、そしてわたしが物体としては無に等しい存在であるかが分かるだろう。

（一九三五年一月十三日付アドルフォ・カサイス・モンテイロ宛書簡）

文芸誌『プレゼンサ』創刊当初からの仲間が発した三つの質問に答えるかたちで、この長い手紙はつづられているのだが、引用したくだりは、その第二の質問「異名たちの生成」について詳細に答えているなかにある。書簡の最後に追伸として、ペソア自身が断っていることからも判るように、もとより公刊されることを前提とした記述である点を考慮に入れたとしても、この傲慢とさえ映りかねない自信に満ちた語り口の背後からは、きわめて明確に、「出来事」と「わたし」の関係が浮かび上がってくる。

愈存があらゆる出来事を〈我が身〉ひとつで引き受けるという悲愴な決意を表明しているのに対し、ペソアはといえば、「わたし」とよばれる一個の肉体とは「無関係に」あらゆる出来事は発生すると言明する。つまりペソアは、「物体としては無に等しい存在」となることによって、はじめて「あらゆるものの創造者」になることができたと告白しているのだ。

そうして創造された「異名たち」が、死の床にある詩人のもとを訪れるとき、その「出来事」は詩人によってどのように受け止められたのだろうか――その様子を、というより、瞬間の連続を再現してみたいという欲求に、ペソア研究者でもある小説家が駆られたとしても不思議ではない。

2

推理小説、タバコ、コーヒー――「つまるところこれがわたしの幸せだ」とまで言った詩人の最後の日々に、タブッキはその三つのうち、ひとつたりと許そうとしない。


すべてを取りあげた代わりにタブッキがあたえたのは、暇乞いに訪れる「異名たち」とと過ごす不思議なひとときだった。そして最後の最期に、愛用の眼鏡。

「眼鏡をとってください」

友人ジョアン・ガスパル・シモンエスの伝える詩人が残した最後の言葉を踏襲しながら、タブッキは詩人の最期の願いを叶えてやるのだが、その大事な役割は、「異名たち」の一人、哲学者アントニオ・モーラに委ねられる。

カフカにとってのマックス・ブロートに等しい存在であるシモンエスにむけて二人称複数形で発せられた言葉を、さりげなく単数人称形に置き換えることで、詩人の死はいわば自分のなかの他者によって見とどけられる。それは、フェルナンド・ペソア四十七年の生涯全体が〈内なる他者〉によってかろうじて支えられた〈閉じた宇宙〉だったと考えるタブッキにしてみれば、詩人の最期にふさわしい手向けのつもりなのかもしれない。

一九一四年三月八日深夜、リスボン、コンブロ街に暮らすペソアのもとを、最初の「異名」アルベルト・カエイロが訪れたときから、「自分のなかの他者」という内なる外部だけがフェルナンド・ペソアの生きる現実に輪郭をあたえるものとなった。十七歳のとき、大学入学のため、十年ぶりに南アフリカから故国に舞い戻って以来、ペソアにとって疎外と孤独の糧でしかなかったリスボンの現実が、タブッキの言葉を借りるなら、「異名たち」という「虚構の群衆」で満たされることによって、一個の自律した宇宙として充実した孤独のなかに取り込まれてゆくのである。

少なくとも、故郷にあって異邦人として生きることが苦痛ではなく、まるで孤独を楽しむ〈遊び〉のように感じるためには、内なる他者の視線が必要だった。あるいは「異名たち」の孤独をも内に抱え込むことによって、孤独という〈遊び〉に〈規則〉をあたえる必要があった。

ゲームに加わるためには、もちろん「異名たち」も〈孤独〉でなければならない――そうペソアが考えた結果なのだろうか、カエイロをはじめ、アルヴァロ・デ・カンポスもリカルド・レイスも、ペソアによって詳細な経歴を附された「異名たち」は例外なく、なにかの〈中心〉から切り離された境遇にあるという点において、〈孤独〉だ。

その〈中心〉を形成するのは、故郷や都会だったり、職業や宗教、政治、異性愛だったりするのだが、ペソアの「異名たち」は、いずれもそうした〈中心〉に居場所を見つけることができず、孤独な生活を送っている。たとえばカンポスは、グラスゴーで造船を学ぶために故郷を離れ、ポルトガルにもどったあとは失業者として暮らす同性愛者なのだから、故郷・職業・異性愛と三重にマージナルな存在だし、共和制に反撥しブラジルに亡命したレイスは故郷と政治から、テージョ河畔で暮らす病弱のカエイロは都会と健康から、オカルティストであるモーラは宗教から、それぞれ切り離された存在だ。

こうした「異名たち」の境遇をゲームのなかに取り込むことで、ペソアの〈孤独〉は何重にも輻輳され、複雑な規則にもとづいて充実した宇宙を形成してゆくことになる。この形成過程を、タブッキは、秘教めいた「孤独の治療行為」(『人でいっぱいの鞄』)ととらえている。この物語『フェルナンド・ペソア最後の三日間』においてタブッキが、詩人四十七年間の生涯を閉じる最後の七十時間余を〈悪魔払い〉の儀式に仕立て上げ、その「治療」そのものが〈秘儀〉の生んだ「幻覚」症状であるかのごとくふるまうのは、言い換えれば、ペソアにとって四十七年という時間全体が一瞬の幻覚でしかなかったと考えているからでもあるだろう。

一瞬の夢幻体験のなかでなら、一九一〇年代から二十数年間、ポルトガルでめまぐるしい消長を繰り返した数多の〈アヴァンギャルド〉(インテルセクシオニスム、感覚主義、パウリスム）の思想を、ほとんどすべて独りで担うことも苦にはならなかったにちがいない。いつも遅れてセーヌ川の岸辺から運ばれてくるヨーロッパの風を胸いっぱい吸い込んで、象徴主義やリバティ・スタイルを、未来派やキュビスムやダダイスムを、貴族主義的なポルトガルの文化風土に根づかせようと、次々雑誌を創刊したことも、「異名たち」が交わす対話に耳を傾けてきたことも、ペソアにとっては瞬時の事件でしかなかった――そうタブッキは言いたいのかもしれない。

そしてペソア最期の「幻覚」を再現するために、どうやらタブッキはペソアが遺した戯曲『水夫』（初出は『オルフェウ』誌創刊号、一九一五年）から語りの構造を借りてきたふしがある。

はるか遠く山並みを臨む海辺の古城奥深く円形の一室がある。細長く切られた窓から射し込む朧な月明かりと四方に配された蝋燭の明かりのなか、部屋の中央に置かれた棺を囲んで、白装束に身をつつんだ三人の娘が夜通し語り明かす。

外界の時の流れから隔離された不可思議な空間に閉じ込められて、三人の娘は、

「もしかしたらそうではなかったかもしれない」自分たちのすがたについて語り合う。夜明けとともに消滅しなければならない定めを負った娘たちにできることは、たがいの夢を語り合うことで、〈記憶〉と〈アイデンティティ〉を探り、自分自身があらかじめ不在を運命づけられた〈夢〉の世界から脱け出す可能性に賭けることしかない。みずからを欺き虚構の過去に生きるためには、ひたすら夢を語るしかない。

こうして二番目に口を開いた娘が、難破してたどり着いた無人島で、現実には存在しない過去と故郷を夢見る水夫の物語を夢に見たと話しはじめる。

何年も何年も、来る日も来る日も、水夫は、途切れることのない夢のなかで、あたらしい故郷の大地を築きつづけたのです……毎日、夢の石をひとつ、そのありうるはずのない建物に積み上げてゆくのでした。

夢見る人間を夢見ることによってしか、夢の虜となった自分に解放は訪れない

――これと同じ状況を、タブッキは「ダイダロスの夢」（『夢のなかの夢』）として描いている。円形の部屋の二枚の扉、一枚は死に、もう一枚は自由につながっている扉を前に、ダイダロスは自由への扉を選ぶのだが、それは同時に永遠に夢の虜でいることを意味していた。そして今回タブッキは、ペソアに最後の夢を見させたあと、死への扉を選択させる。それが一生夢に囚われたペソアを時間からも空間からも解放するための選択であったかどうか、それを明かす手掛かりも、『水夫』のなかにしめされているようだ。

もしかしたら人が死ぬのは充分に夢を見ないからからかもしれない。

3

一九九五年に出版されたインタビュー集『小説はどこへ行く？』のなかに、なぜペソアをイタリアに翻訳紹介しようと思い立ったのか、と訊ねられてタブッキが、ペソア（というか、かれの「異名たち」）の詩が小説の可能性を示唆しているように思えたからだと答えている箇所がある。

小説が瀕死の状態にあるようにみえたヨーロッパにおいて、ペソアは詩の伝統を回復することによって、小説の伝統をも回復した。

タブッキがペソアを「発見」した一九六〇年代初頭、小説が「瀕死の状態」にあったかどうかは別にしても、少なくともイタリアやドイツにおいては、「ネオ・アヴァンギャルド（新前衛派）」と総称しうる一群が輩出し、十九世紀的な作者の特権性（〈万能性〉）を否定することに躍起となっていたことは事実だろう。その典型的なあらわれが、イタリアにおいては「グループ63」だったわけだが、言語表現とイデオロギーを同一視することで、ふたたび〈政治〉を〈芸術〉へ回収しようとした〈前衛〉運動と一線を画すかにみえるタブッキの姿勢は、当然のことながら、当時としては孤立したものと映ったかもしれない。

だが、ペソアを読み翻訳することを通してタブッキがさぐっていたのは、かれ自身の言葉を借りるなら、「別のかたちで小説を継続する可能性」であり、「エクリチュールのメカニズム」であったことを知るとき、商業主義にからめとられることで〈リアリズム〉が〈センチメンタリズム〉の異称でしかなかったことを露呈した「ネオ・レアリズモ」を批判して、〈プロット＝筋〉ではなく〈語りの構造〉を問題にしたエーコやサングイネーティら「グループ63」とタブッキとのあいだに、その問題意識においては、さして大きなひらきはないことが分かる。〈語りの構造〉こそが問題なのだと気づくために、たまたまタブッキはペソアを経由したにすぎないと言うこともできるからだ。

詩という形式をとりながらも、ペソアは一篇の偉大な小説的作品を準備した。四人、五人、あるいは六人と、自分の代わりに作品をつくる人間としてではなく、詩をつくる登場人物として語る人物たちを創り出したのだ――ペソアの作品を読みながらそう気づいた。ペソアは、残された小説的なものがもはや筋ではなく構造であることを理解していたからこそ、筋を排したのだ〔……〕。かれの詩人＝登場人物たちそれぞれに役割をあたえることで、偉大な小説的宇宙の構造を築きあげたのである。

「本質的に寝間着姿の作者の不意を襲うこと」と規定される〈翻訳〉という創作行為を通じて、タブッキが「発見」した〈構造〉とは、「互いに対立する登場人物たちに生命を吹き込み声をあたえる術を心得え、それぞれが完璧に異なる表現の可能性をしめしている」ペソアの「異名たち」が形成する「唯一の多数」によってささえられる「小説的宇宙」のことであった。

自身の翻訳を編んだペソアの二巻本に『唯一の多数』と表題をあたえたときから、一貫してタブッキの脳裏にあったのは、たとえば、〈英語〉で書いたポーランド人コンラッドであり、〈フランス語〉で書きはじめたチェコ人クンデラであり、〈ドイツ語〉で書いたやはりチェコ人カフカであった。

そしてとりわけタブッキが、「母語ではない言語で書くことの困難」は〈母語〉と〈異言語〉の「両岸を無傷のまま航海しおおせること」にある、と言うとき、かれが意識していたのは、〈英語〉で書いたものをみずから〈フランス語〉に翻訳し、みずから〈フランス語〉で書いたものを〈英語〉に翻訳したアイルランド人ベケットの存在であったにちがいない。「分裂症」を表現によって生き抜くことを夢想しながら、タブッキは自身もペソアの「異名」のひとりに身を〈窶して〉小説を書いてきたと考えてもいいのかもしれない。

ペソアのアフォリズムの集成を編んで、『詩人は偽りの人』と表題をつけたのも、タブッキの〈窶し〉に対するこだわりのあらわれにほかならない。あるいはタブッキに先行する唯一のイタリアにおけるペソア理解者、詩人のアンドレーア・ザンゾット（かれ自身も長年深刻な分裂神経症を生きている）にインタビューした際、言語による〈窶し〉の機能と「分裂症」の関係をめぐって議論が展開していることもそうだ。

短篇集『逆さまゲーム』（一九八一年）以降、『インド夜想曲』（一九八四年）を経て『レクイエム』(一九九一年)にいたるまで、少なくともタブッキのつくりだす登場人物たちはいずれも、タブッキ自身のアイデンティティの〈多数性〉をさぐりながら、ペソアに倣うこと、あるいはペソアの「小説的宇宙」を「無傷で航海」することに静かにあえいでいるようにみえる。

だがその静かなあえぎは、『夢のなかの夢』(一九九二年)を転機として、『供述によるとペレイラは』(一九九四年)において、失われたアイデンティティの再構築へと踏み出すことによって、力強さすら感じさせる鼓動となって聞こえはじめたような気がする。

それはおそらくタブッキのペソア離れの予兆なのだろう。『供述によるとペレイラは』の直後に発表された掌篇『フェルナンド・ペソア最後の三日間』は、「マドリガルであり、劇作であり、批評であるような《散文詩》」への道をみつけたというタブッキのペソア離れの表明であるのかもしれない。

この推測を裏付けるように、タブッキは一九九七年三月に『ダマセーノ・モンテイロの失われた首』を発表すると、また一歩ペソアから遠ざかった。

4

現代イタリアを代表する作家タブッキが、三十歳にして、はじめて世に問うた小説は、イタリア・トスカーナ地方のちいさな「村」を舞台に、長靴型の半島が地中海に浮かぶ島ふたつを加えて、「王国」としてともかくも統一されようとしている十九世紀後半から、二度の世界大戦を経て、凄惨な内戦というおおきな代償と引き替えに手に入れた、混乱と希望が錯綜する民主主義国家「共和国」の一九五〇年代に至る、ほぼ一世紀を、三世代にわたる一族の物語を軸に描いた壮大な年代記である。

統一軍を率いた英雄ガリバルディにあやかろうと名付けられた四人兄妹（双子の兄弟に、その妹と弟）が生きた近代と世紀をまたぐ大転換期――王国の植民地戦争の犠牲として戦場に散る命もあれば、ベドウィン族の一員となってアフリカの砂漠に消える者も、修道院に籠もり生涯を終える道を選ぶ者も、アナキストからファシスト、さらにコミュニストと転身を遂げる者もいる。

ちいさな村のちっぽけな人間一人ひとりが、「歴史」とよばれ括られる大きな時の流れに翻弄されつつ、ときに果敢に、ときに無謀に、全身で戦いを挑み、生涯を終えていく。「歴史」と「個人」、それぞれの「記憶」の密度と規模の不均衡がもたらす起伏のおおきなドラマが丹念に描かれていく。

じつのところ、この物語の真の主人公は、作品のタイトルでもある村の広場であり、そこに刻まれた百年におよぶ歳月であるのかもしれない。その象徴が「栄光座」とよばれる映画館である。時代や社会が変わっても、その空間は、Splendor(e)と、せいぜい最後の母音eがひとつ剥げ落ちるくらいしか変化がない。どんなときにも、そこにある。

「かつてなかったような、豊かな夏」として記憶されるイタリア広場の光景とともに閉じられるタブッキ最初の小説には、思いつめた熱気みたいな切迫感がみなぎっている。それに読者は圧倒され、気づけばもしかしたら涙すらこみ上げてくるかもしれない。作家六十六歳にしてその第一歩に、読者は立ち会っているのだ。

5

ところで、映画『インド夜想曲』(アラン・コルノー監督)の公開に先駆け、翻訳紹介された同名の原作中篇小説の作者として、ようやく日本でも知られるようになったタブッキの短篇集『黒い天使』*L'angelo nero* が日本語で読める日がきた。『インド夜想曲』の読者ならすでに気づいていることだろうが、タブッキは〈不在〉もしくは〈欠落〉を語る作家である。

言葉が無数の物語の断片の輪郭を丹念に縁取ってゆく。それらの断片をつなぎあわせる語り手がいる。だが断片の集積から読者が読み取るのは語られた物語ではなく、作者が語り手についに語らせようとはしなかった何かなのだ。『黒い天使』に先行する短篇集『フラ・アンジェリコの鳥類』(一九八七年)のなかに、大西洋のかなたから運ばれてくる亡霊たちの声を燈台の灯りを介して受信し、かれらの物語を読み取っていた語り手〈わたし〉が、かれらとの交信が途絶えた秋分の日、荒れ狂う海に向かって、未刊の自分の小説をかれらへのオマージュにと一枚一枚、風に託すという一篇がある。

この短篇「ある不在の物語の物語」で、セイレーンのもとに送り返された亡霊たちの声がふたたび『黒い天使』のなかでよみがえってくる。

第一話「いわくいい難い何かに運ばれてくる声たち」で、耳を澄ます主人公を塔の上に導き、胸に秘めていた自殺の幻暈へと誘う声の主タデウス。亡霊がこの世にある人間たちを次々と冥府へとひき込んでいく。第二話「夜、海あるいは隔たり」では、タデウスがサラザールによる一党独裁体制崩壊寸前のリスボンに詩人として現われる。詩人の新詩集の完成を祝って帰路についた若者たちを治安警察が襲う。紋切り型のファシズムの描写かと思うと、警察の「黒塗りの車の窓からハタが片方の前鰭と顔を」のぞかせているという奇妙な展開を見せはじめる。だが語り手に言わせると「これは、その夜の出来事がどう展開しえたかに思いをめぐらす人間の想像力による」ものだから、「もっとも奇妙なのは、〔……〕だれの目にも当然にみえたことだ」ということになる。夢想譚か寓話か、それは語り手と冥界の人タデウスだけが知っている。

この二篇につづく「漉して篩って」他一篇は、詩人エウジェニオ・モンターレへのオマージュだ。短篇集の表題も同名の詩作品から採っている。「きみの不可思議な物語を紡ぎだす／一瞬の閃光」と詩人が唄った「黒い天使」に出会えるのは、眩しい空白のなかで、仮構と現実とが融け合い、未だ語られていない物語が一瞬垣間見えたかに思えるときだ――そうタブッキはいっているようだ。

『フェルナンド・ペソア最後の三日間』解説、青土社、一九九七年八月、図書新聞一九九一年七月二十一日付、日本経済新聞二〇〇九年十一月二日付夕刊より改稿

四、ピム港の女をめぐって

『ポルト・ピムの女』(*Donna di Porto Pim*, Sellerio 1983) と題された、わずかに百頁を超えるちいさな書物がシチリアの出版社から刊行されたのは一九八三年のことだ。日本では『島とクジラと女をめぐる断片』という表題をあたえられて、一九九五年初夏に読者のもとにとどけられた(そして気がつけば、この書物の誕生に立ち会ったひとのうち、訳者と編集者のふたりがこの世を去っている)。

作者アントニオ・タブッキは、二〇〇九年現在、六十六歳にしてなお元気に執筆をつづけている。春にはまずフランスで、ついで初夏にはギリシャで、そして九月ようやくイタリアで、となんだか奇妙な順番ではあるけれど、五年ぶりに新作の短篇集を出して、言語と地域を問わず、評価においても売れ行きにおいても、遺憾なくその存在感を発揮している。

＊

さてこの四半世紀のあいだに、本書におさめられた短篇のうち、映画になったものもある。表題作「ピム港の女——ある物語」がそれだ（訳者に最大限の敬意をはらったうえで、あえて記すが、やはりこれは「ピム港の女」ではなく、「ポルト・ピムの女」でなくてはならない。ポルト・アレグレなどと同様、「港」を意味する「ポルト」までが地名だからであり、英訳も仏訳も「Port」とはせずに「Porto」とそのままにしているからだ）。二〇〇一年にスペインで映画化され、監督はホセ・アントニオ・サルゴットという、一九五三年バルセロナ生まれの、画家としても知られる才人である。

トニという愛称でよぶ、このサルゴットがシナリオを単行本にするにあたり、原作者タブッキが監督に寄せた書簡形式の不思議なあじわいをもつオマージュがある。

ほとんど幻想譚とよんでも差し支えないようなオマージュ――一九八〇年代初めに訪れたアソーレス諸島での出来事とその記憶が、時の移ろいとともに現実の世界から非現実もしくは虚構の世界へと居場所を移しつつあるという事態を前にして、次つぎと脳裏にうかぶ疑問に、どうにか答えをあたえようとする作家の途惑いがつづられている。「迷宮炎」と題されたその短い物語は、こんなふうに書き出されている。

世界というのは本当に不思議ですね。二十年ほど前にアソーレスの島々を旅したとき、この列島は現実のものというよりは想像の産物ではないか、と思ったものでした。というより、すべてがあんなにも「場違い」だったので、旅を終えて帰ったとき、わたしの旅も想像の産物ではないかと思ったのです。それまで架空の動物だと思っていたクジラを見ました。文学のなかでしか存在しないと思っていた悲劇の人生の話を聞きました。奇妙な風景を見ました。パイナップルの木々に混じって、あじさいが咲く。こんな植物は、空想地理学の教科書にだけ載っていると思っていました。わたしが見たすべて、経験したすべてが、蜃気楼のように虚空に消えてしまわないように、それを語ってみようと思いました。ここから、『ポルト・ピムの女』と当時（そしていまでも）題された、小さな本が生まれます。それでわたしは誇らしい気持ちになりました。これでやっとあの旅は現実だった、本当に起こったことだと安心できる、と。しかしその逆に、本が出版されて読み返してみれば、すべてがますます幻想的に思えて、とても驚いてしまいました。現実にあるものを超－現実に変えてしまうという、あの文学の持てる力により、一切合財がますます非現実的になっていたのです。非現実的に思えたあの旅自体よりも、いっそう非現実的になっていました。

わたしはあきらめました。たぶん、現実というものはそれ自体が幻想的なのでしょう。あの旅から何年もたった今でも、アソーレス諸島は再訪していません。あの島々がまだあるのかどうかも分かりませんが、おそらくあるのでしょう。地図を眺めていると、よく見かけますから。

こうしてタブッキは、撮影の現場へと足を運び、そこでみずからの記憶をあらためて検証しようとする。
けれど、映像に移し換えられていくエピソードのどれもが一つひとつ、自分が創りだしたはずの出来事を超えて、ほんとうの出来事に、それもいっそう凄惨な結末へとむかう現実へと変わっていく様子を目の当たりにして、作家は慄然とするのだった。

この瞬間、わたしはすべてを理解しました。取り返しのつかぬことが起ころうとしている。〔……〕頼むからやめてくれ、一生後悔することになるぞ！　きみが実行しようとしている物語は本当の話じゃなくて、ぼくが作った話なんだ、誓ってもいい、実在の鯨漁師が語ってくれた話だと信じ込ませてきたけど、まったくのつくり話なんだ。きみの物語は存在しないんだ！

みずからの手でつづったはずの物語に翻弄される恐怖、それはこの場合、映像という別のメディアのなかで物語が増殖し、ゆるぎないリアリティを獲得して、作者の手の及ばない地平にまで到達するその瞬間を、みずからの眼で目撃することから生じている。

この恐怖を逃れるためには、目の前で繰りひろげられる映像の物語の外へとわが身を避難させるほか手立てはないと作家は思い立つ。

ある物語から抜け出したいのです。わたしは混乱しつつ、つぶやきました。行き先はどこでもいい、物語から逃げ出す手助けをしていただければ。わたしがつくり出した物語ですが、今はそこから抜け出したい。

あいにく、だが、その願いは聞きとどけられることはない。それどころかタブッキは、あえていまも物語のなかにとどまって、度重なる恐怖とたたかっているようにみえる。もう少しだけ精確にいうなら、たとえばリルケが『若い詩人の手紙』で記したように、「未来は、それが起こるよりずっと以前に、わたしたちのなかに入りこみ、すがたを変え、わたしたちとなる」のだとすれば、タブッキは、みずからの内に滲透しみずからの心身そのものと化した無数の物語に、相も変わらず目を凝らし、時おり少しずつ、そのかけらを言葉に紡ぎだしては、わたしたちのもとに届けることで、物語の恐怖とたたかい、どうにか凌いでいるのだといえるかもしれない。

＊

ところでもし、晩年のタブッキについて特筆すべき変化があったとすれば、それは、ほとんどイタリアで暮らさなくなったということだろう。

とりわけ作家のあとを追うようにして、フィレンツェ大学でポルトガル文学を教えていた妻が退職して以降、ふたりはリスボンかパリか、どちらかを中心に自宅や別荘のある町で暮らしている。

理由は一見単純である。イタリアに愛想が尽きたからといえばいいだろうか。

二大政党のうち政権を担っているほうを率いる現首相にはとくに我慢がならないからだ。

だから正確に言えば、作家が愛想を尽かしたのはイタリアの政治であって、イタリアそのものではないといえるのかもしれない。

だが多数が現首相（とその政治手法や生き方もふくめたありよう）を支持するという現実がたしかに一方にはあるのだから、やはりそうした「イタリア」という国にほとほと厭気がさしたと言ってもかまわないのかもしれない。作家にしてみれば、「イタリア」を棄てたと言われることには抵抗をおぼえるであろうことも容易に想像がつく。

自身とイタリアの関係について、最近タブッキは、好んで、こんな表現をする――「わたしのイタリアは携帯可能なものだ」と。つまり電話やコンピュータみたいに、どこへでも運んでいけるのだと。だからどこにいようと、いつでもイタリアとは一緒だというわけだ。冒頭にふれたインタビューのひとつで、タブッキはこう言っている。「わたしの故国はイタリア語だ」と。

この言葉を、いまは亡き本書の訳者と編集者、須賀敦子と津田新吾はどう受けとめるだろうか——長い歳月を経て本書が再刊されることを、ふたりの墓前に報告する機会があれば、そう訊ねてみようと思う。

……須賀敦子訳『島とクジラと女をめぐる断片』解説、青土社、二〇〇九年十二月より改稿

物語の水平線

インタビュー一九九七

撮影：中野義樹

はじめて『インド夜想曲』を読んで、その夢うつつの世界に魅せられてから、十三、四年が経つ。その間、幾度となく作者アントニオ・タブッキ本人に会ってみたらと勧められたけれど、いつも気乗りがしなかった。たんなる一読者として、のちに訳者として、タブッキの紡ぎだす物語に寄り添っているうちに、この人には会わないほうがよいと思うようになっていた。それには、二十世紀の作家の肖像写真を集めた書物のなかで見たタブッキのすがたが少しは影響したかもしれない。

作家は、十三時四十分を指したアンティークな柱時計の横で、椅子の肘についた右手を頬に軽くあて、左手を、組んだ左足の腿のあたりに置いて、かすかに微笑んでいた。けれど大きく見開いたその眼は、なにかを見透かしているようで、それがたいそうぼくを怖気づかせた。

*

京都蹴上の浄水場横にあるホテルの一室にすがたをあらわしたタブッキは、ブルーのジーンズにジャケット、淡いぶどう色のシャツというラフな出たちだった。眼鏡の奥の眼はやはり大きく見開かれていたが、それは、心を見通されるような射貫く視線ではなく、好奇心と人懐こさを湛えた茶目っ気いっぱいのまなざしだった。

——うかがいたいことは山ほどあるのですが、今日は、そのなかから三つの話題を手掛かりにお話しできればと考えています。ひとつは、主としてあなたの小説作品に沿って、あなたの作家としての軌跡を、次に、あなたの現代イタリア社会との関わり方について、最後に、はじめてご覧になった日本の印象を、それぞれうかがいながら、小説もしくは文学について話が収斂してゆけばと願っています。

タブッキ　最後の話題、つまり日本の印象については、どうしても表面的にならざるをえないけれどかまわないかな？

――ご出発前に、かつて日本を訪れたイタリア作家、たとえばカルヴィーノやパリーゼの旅の印象記はお読みになりませんでしたか？

タブッキ　うん。ただ、かれらが日本で見たものについては、きわめて相対的な関心しか持ち合わせない。どちらもわたしの気質とはちがうから。

――こんなことをうかがったのは、個人的にぼくがふたりと、この京都ではじめて出会ったからでもありますが、それ以上に、たとえば竜安寺の石庭を見たカルヴィーノが、西欧の眼で本能的に日本文化の本質を把握したことに驚いたからなのです。

タブッキ　ほかの作家が記した印象について評価は差し控えるようにしたいが、カルヴィーノが日本を訪れたとき、かれの想像力は、刈り込まれた盆栽みたいに、あらかじめヨーロッパの構造主義によって飼い慣らされていたような気がする。その結果、かれは構造主義を講じていた教授たちにむけて書いてしまったんじゃないかと。しかも、おそらくかれのなかに、なにか野心というか幻想というか、科学と文学は調和可能だと思い込んでいるところがあって、そのあたりがわたしと大きく隔たっているような気がして、それでカルヴィーノを介して日本について語ろうとは思わないというわけだ。

カルヴィーノに対するタブッキの反応は、戦後イタリアを代表するふたりの作家を隔てる距離が予想以上に大きいことをしめすものだった。年齢差こそ二十歳あるが、晩年のカルヴィーノに顕著な断章への志向と、第一作を別にすれば、『レクイエム』『供述によるとペレイラは』あたりに至るまでつづくタブッキの短篇志向とに、たとえばエーコなどの長篇志向と対極的な現代小説のひとつの可能性をみていたぼくにとって、この反応は、むしろタブッキがカルヴィーノを強く意識していることの証にも思えた。

——では作品についてうかがうことにします。あなたは一九七五年に『イタリア広場』で小説家として出発したわけですが、この作品をはじめて読んだとき、そこにガルシア＝マルケスの『百年の孤独』の影響があるように思えてなりませんでした。

タブッキ　マルケスの作品が「百年の孤独」なら、わたしのは「百年の参加」だね。偉大な作家たちは、ボルヘスにしても、ペソアにしても、みんな言っている、すべてがすべてに影響をあたえるものだって。自分は飛び抜けてオリジナルだ、誰の影響も受けていない、などと胸を張る作家に対して、わたしはきわめて懐疑的だ。たぶん明日になれば、わたしは、この対談から影響されているだろうしね（笑）。

——（笑）いずれにせよ、トスカーナ地方の一家族をめぐる大河小説《サーガ》ともいえる作品は、残念ながら日本ではまだ紹介されていませんから、それがどんな複雑な影響のもとに生まれたか、日本の読者には分からないわけですけれど……。

タブッキ　なにより日本の読者にとってけっして理解しやすい作品ではないだろう。イタリア史の知識が、一八六〇年のガリバルディによる国家統一から……。

――トスカーナ大公国崩壊から……。

タブッキ　そう、それと教会国家の消滅からはじまる国家統一から、第二次世界大戦後の時代までを描いているわけだから、きわめて特殊な歴史知識を必要とする。もし日本語訳が出るなら、フランス語訳でやったように、巻末に、そうした歴史的理解を助けるための註釈があるといいかもしれない。

――意外に思われるかもしれませんが、リソルジメントに関する情報は、日本で極端に不足しているわけではありませんし、同じ時期に近代化を歩みはじめた国としてのイタリアに対する関心もかねてから存在することを考えれば、『イタリア広場』の邦訳が受け入れられる素地はあると思います。

タブッキ　そう、たしかに公式には両国とも「若い」国だものね。

――近代化を急いだ国家として共通点はたくさんありますからね。たとえば、翻訳が文化の形成において非常に大きな比重を占め、近代化の過程において大きな役割を果たしてきた点も、それが現在に至るまでつづいている点も、ふたつの国は驚くほど似ています。つい最近、ミラン・クンデラの『ほんとうの私』が、フランスに先駆けて出版されたのも、日本とイタリアでしたものね。

さて、第一作『イタリア広場』の六年後、八一年に出された短篇集『逆さまゲーム』で、あなたは作風を変えた、というか、新たな道に踏み出したと言ってかまいませんか?

タブッキ そうだね、ただ文学が、なによりまず「自由の訓練」なのだとすれば、一冊一冊の書物はそれぞれ異なる冒険を運命づけられているわけだ。ひとつの物語が生まれるとき、それは、だれか人に、たとえばひとりの女性に出会うときと同じだ。一つひとつの出会いがちがうように、物語も一つひとつちがってくる。しかもわたし自身、いつも同じ物語を語る作家たちが好きではないときている。たぶん文学最大の愉しみのひとつは、自分の好きな方向めざして冒険旅行に発てることかもしれない。アナーキーな考え方だと言われてもかまわない。わたしはいつも文学の「規範」を尊重しないことを心がけている。もちろん「規範」は理解しているし、研究もしてきた。けれど作家としての自分の責務は、まさにそうしたさまざまな「規範」を尊重しないことだと考えている。

――では、自分が作家として規範を蹂躙する側に立とうと思い立ったのは、いつのことですか？

タブッキ それは「反小説」「反・歴史＝物語」を書こうと、『イタリア広場』を書きはじめたときになるかな。あれは、歴史はつくるけれど語らない人々の物語なのだから、ある意味で「反・歴史＝物語」だといえる。そしてわたしなりの「反小説」でもある。

先だってきみはあれを「大河小説」とよんだけれど、むしろ人形劇に出てくるような、映画的ともいえる映像の断片が、一見気まぐれに埋め込まれた「ミクロ大河小説」とでもいったほうがいいかもしれない。つまりたしかに長篇小説にはちがいないが、その一方で同時に、明らかに一九七〇年代の小説的規範を無視した作品でもある。

――それは当時のイタリア社会とあなたとの関係を反映した結果でもあるといえるでしょうか？

タブッキ そう、わたしとイタリア社会との関係は、流行らなくなった言葉を使うなら（笑）、「弁証法的」だったといえるかもしれない。ヘーゲル的な意味でね。いわば、ちょっとした反動があった。たとえば六〇年代、わたしは既にイタリアを離れていた。パリで学生生活をはじめていたんだ。たぶんイタリア、というかイタリア文化の精神性が、わたしにはしっくりこなかったからだ。どこか別の突破口を必要と感じるようになっていた。それがはっきり分かったのは、ある映画のおかげだ。フェリーニの『甘い生活』だった。あの映画のことは覚えている？

――もちろん。

タブッキ わたしは高校を終えようとしていた。あのころのわたしには、イタリア文化が、イタリアは何もかもがうまくいっている国だと思わせようとしているように見えてならなかった。政権を握っていた政党、キリスト教民主党は、国が平和で、みんなに平等で開かれている、すべて平穏だと言いつづけていた。

――すべて事も無しと信じさせようとしていた。

タブッキ そう。そんなある日、一本の映画を観た。一九六一年のことだ。十八歳だった。フェデリコ・フェリーニ『甘い生活』……ヴェネツィア映画祭にやってきたフェリーニがみんなに唾を吐きかけられたんだ。キリスト教民主党（DC）の連中からはもちろん、共産党の一部の連中からもね。たぶんフェリーニがDCの連中が望むイタリアのすがたを表現していなかったからだろうし、かといってマルクス主義的階級闘争の理想を表わしているわけでもなかったからだろう。

事実、かれの作品のなかでは、誰ひとり救われない。言ってみれば、とても昏くて、ちょっと絶望的な映画だった。あのマルチェッロ・マストロヤンニ演ずる作家というか、文学的野心を抱くジャーナリストの試みは救われることがない。つまらないスキャンダル記事を書きながら、いつか本物の作家になりたいと願うマルチェッロの野望は果たされないままだ。ほんとうに誰ひとり救われない。裕福なブルジョワにも救いはない。

あのアヌーク・エーメ演じる裕福な女性がマルチェッロと、刺激をもとめて娼婦の家に出かけるシーンは今でもよく覚えている。桁外れの知識人だって救われない。自宅の知識人サークルで、高尚な哲学を語りバッハを愉しむ、あの人物〔アラン・キューニー〕だって、最後は自殺してしまう。貴族だって救われない。スートリの城でパーティを開いているときの連中は、知恵の回らない愚か者としかみえない。オスティアの別荘でパーティをしているプチブルだって救われない。聖母《マドンナ》の奇蹟を見物に出かけるプロレタリアにも救いは訪れない
——これがイタリアの全体図だった。

これを観たことが、わたしにとって発見だったのだ。そしてわたしは父に、一年間パリ大学に行かせてほしいと頼んだ。

その瞬間から、わたしとイタリアとの関係はとても弁証法的なものになった。

もちろんわたしは自分が心底イタリア人だと思っている。だが、ある種のイタリアの気質について、わたしのなかに懐疑的な部分があって、たぶん自分は完全にイタリア社会に属してはいない、と絶えずささやきかける。

――すると、そのときからあなたは常にふたつの側で、というより、複数の場で生きることをはじめたわけですね。そして『レクイエム』に出てくるジプシー占いの老婆に指摘されるような生き方をつづけてきたということになる。

タブッキ そう。ひとつは、自分のルーツをしるす家、一族が代々暮らしてきた家(これはわたしにとってかけがえのないものだ)。そこでわたしは子ども時代を過ごした。ピサの近くにあるヴェッキアーノという田舎の町だ。それから、フィレンツェにアパートを構えている。大学での仕事をするためにね。でもわたしにとってルーツとなる家は田舎の家だ。あるいは、わたしはポルトガルでかなりの時間を過ごす。それにパリにもよく出かける。いま大事なのは、国境にとらわれないことだ。属するなら世界全体にであるべきだ。

――あなたの小説作品に関連づけるなら、あなたの作品に特徴的な「分身」というモチーフも、まさにいまあなたのおっしゃった世界全体に属する存在ということができますね。すべてに属する存在であると同時に、どこにも属さない存在としての「分身」――現実の存在としてのあなた自身が「分身」をもとめるという生き方が作品に反映されているということでもある。

タブッキ　もちろん現実のわたしが「分身」をつくりだすのには、それなりの理由がある。わたしにとって「分身」は、フロイト的な心理分析的意味をもつものではなく、ちょっと特別な意味をもっている。二十世紀は「分身」であふれている。オスカー・ワイルド、スティーヴンスンにはじまって、ピランデッロ、ペソアにいたるまで、それが月並みだと思えるほどだ。ただ、分身となるのは登場人物ではなくて、作者のほうだということが面白い。谷崎の『陰翳礼賛』だって同じじゃないだろうか。

――作者のほうが、「分身」というか、複数の身体性を帯びるという意味においてですね。

タブッキ そう、「複数化」するわけだ。登場人物ではなく作者が、ということは、いまやわれわれのほうが多様化しているということだ。これは文化における「クローン化」とでもいえるかもしれない。むしろ「自己クローン化」(auto-clonazione) というべきかな。

タブッキはかなりのヘヴィー・スモーカーだ。対談をはじめたときに封を切ったはずの煙草がいつのまにか切れかけている。ぼくの知っているかぎり、エーコといい勝負のようだ。部屋で待機している夫人のところから新しい箱がとどくのを待つあいだ、日本に来る半月ほど前に出かけて物議を醸したフランクフルト・ブックフェアの話や、『供述によるとペレイラは』の翻訳刊行に合わせて立ち寄ったトルコの印象などを訊ねたり、共通の友人である作家ステファノ・ベンニの最新作をながめているうちに、気がついたら、タブッキ自身の最新作『ダマセーニュ・モンテイロの失われた首』に話題が移っていた。

タブッキ 今年、長篇を出版したばかりだが、あらためて考えたのは、「小説はどこへ行くのか」ということだ。この問いは、会合の席でもしばしばテーマになる。その答えは、たぶんこうだ――「小説は自分の思うところに行く。批評家が期待するところにも、作家が望むところにも行かない」。

こう考えるのは、結局わたし自身、なにか計画を立てて書く作家ではない（またそうありたくもない）からでもあるのだろう。だから、いつかわたしにだって、「断章」を書きたくなる日が来ることがあるかもしれない。たとえば俄かに翳った空から雨粒が落ちてきたとき、その気になるかもしれない。ただしあくまで小説の規範から逸脱した、わたしのやり方でね。

――「断章」という言葉が、晩年のカルヴィーノ（たとえば『パロマー』）に顕著だった、結果として限りなく詩に接近していくことであるとすれば、『レクイエム』以降のあなたの作品は、必ずしも同じ方向にむかっているとは思えません。『供述によるとペレイラは』そして今回の作品と、むしろ長篇小説への志向を強めているようにみえる点では、意識的に逆方向をめざしているようにさえ思えます。

たしかに八〇年代以降のイタリア小説は、きわめて単純に図式化すれば、エーコとカルヴィーノを起点とする「長篇」志向と「断章」志向の両極に収斂すると言えるかもしれません。前者は歴史小説の壮麗な装いで、後者は散文詩の質素な装いで、読者の前に立ち現われては失望と満足をふり撒いてきたように思えるのです。ただ「歴史小説」というとき、その大半は、ヴィクトル・ユゴーやウジェーヌ・シューを祖型とする、十九世紀以来の「大衆歴史小説」の系譜に連なるような長篇小説の器に、言語遊戯や社会諷刺、あるいは複雑かつ厖大な引用を織り込んだ物語を盛り付けた〈新趣向の料理〉といった作品です。そこでは「歴史」を語る主体の問題が問われることはきわめて稀です。

ところがあなたの近年の長篇作品は、どれも明らかに、「歴史」を語る（というより、語らなかった）主体を中心的主題としています。

その一方で、『夢のなかの夢』や『フェルナンド・ペソア最後の三日間』といった、「断章」を志向しているかにみえる掌編を、合い間合い間に書き継いでいる。

それがぼくには、長篇で「歴史」を告発し、掌編では、その告発に踏み切ることで重荷を背負った個人を癒すという、「小説はどこへ行くか」という問いに対するあなたの答えに思えるのですが……。

タブッキ コンラッドがたしかこんなことを言っていた。「まず作品が創造される。その後はじめて作品について反省するものだ。この愉快でエゴイスティックな思い（と懸念）こそ、誰の役にも立たないけれど、しばしば作品を完成させるものなのだ」。

要するに、二十世紀の初頭において、コンラッドは、なにより作品を特権化するべきだと見抜いていたわけだ。理論より、まずエクリチュールの実践だと。

——コンラッドについては、一昨年出たインタビュー集のなかでもふれてらっしゃいましたが、同時に、当然のことながら、ペソアについても、現代小説の起点となる存在であるとおっしゃっていますね。

タブッキ　そうだね。わたしは現代小説が一種のプリズムだと考えている。そこに多くの作家たちがそれぞれ異なる視点から接近を試みる。そうした視点のひとつがペソアの視点であることはまちがいない。ペソアは、小説を、いわば演劇の舞台だと考えた。その舞台の上で、内容不在の劇が演じられるのだと。現実にペソアが行ったことは、世界という劇場でそれぞれが自分の役を演じる虚構の人物をつぎつぎ創りだすことだった。だがその被造物たちとは何ものだろうか？　それは創造する被造物だ。なぜならその被造物はすべて詩人だからだ。これが小説を構築するときの武器になる。

別の方法において、つまりプリズムのもうひとつの視点からペソアと同じことをカフカが、そしてたぶんジョイスも行なったのだ。一九二〇年代から三〇年代にかけて。きみたちの谷崎もそうだと思う。もちろんイタリア語とフランス語の翻訳を介してだが、谷崎はわたしがもっとも親しんでいる日本の作家だ。

わたしには、谷崎も、その主題群において、この二十世紀小説の構築に「参加」しているように思える。少なくとも、物語るという行為の考え方においてはそう言えるだろう。谷崎が西洋的に過ぎると非難を浴びたのも、そのせいじゃないだろうか。

すると嘘と真実との関係――これはピランデッロやペソアにはじまる二十世紀小説のプリズムがもつきわめて重要な要素のひとつだ――について、谷崎は、嘘を孕まないものに関心はない、という意味のことを言っていたと記憶している。これは「フィクション」という観点からみるとき、非常に興味深い発言だ。同じことをそれぞれの言い方で、ピランデッロもペソアも言っているからだ。つまり「虚構」を通してのみ「ほんとうの真実」に到達できると。そして、もうひとつの真実、われわれが真実だと思っているものは、たとえば新聞の事件記事にお誂え向きの「表層的な真実」なのだと。これはきわめて二十世紀的な考え方だ。谷崎が陰翳を好み、光の横溢を憎悪したのも、まさに同じ考え方ではないだろうか。西洋ではしばしば起きることだが、光が過剰なせいで、ものが読めなくなるときがある。ところが日陰でなら真実が読める。ニュアンスが、陰翳が読めるものだ。だからそうした「裂け目」(fisseur)、われわれの眼の前にある非現実という漆喰壁のひび割れをこそ探さなければならない。

——つまり隠された道を、蔽われた真実を、照らし出す影もしくは陰翳をこそ捜さねばならないというわけですね。

タブッキ そのとおり。こう考えるようになったのは、たぶん一九三〇年代、四〇年代フランスの現象学、メルロ＝ポンティの影響だと思う。繰り返すが、二十世紀小説の様相をあらわすプリズムのさまざまな貌はすべて、同時に二十世紀文学の特性でもある。

——そうした二十世紀的特性が築き上げた道の上で、あなたは書くことをつづけているのですね？　特にセッレーリオ社から出ている薄い本の数々は、プリズムに意識的にあたらしい貌をあたえようとしている……。

タブッキ そう、たぶんきみが訳した『夢のなかの夢』は、要するに、その道を歩む過程で生まれたものだ。なぜなら、芸術家のことは表面的にはとても分かりやすい、けれど光にあふれ眩しすぎるものだ。もしその背後にあるものを理解し、あるいは想像することができれば、たとえばそれが突飛な夢であってもいい、現実の「裂け目」を見つけることができるかもしれない——あの本でわたしが試みたのは、そういうことだ。もちろん芸術家へのオマージュを込めてね。

——そうした道にあなたが踏み出したのは、おそらく『逆さまゲーム』からだったと思うのですが……。

タブッキ　そう、冒頭の短篇で。ペソアは二十世紀西欧における偉大なモデルといえる人物だ。十六世紀のベラスケスを継ぐ。なぜならベラスケスの絵画は、モデルニテを理解するための鍵にほかならない。かれの絵画とともに人類は近代に一歩を踏み出したのだ。誰が誰を見ているのか、それが分からない作品だからだ。誰が誰を見ているのか、これこそ近代が抱えた典型的問題なのだから。

——つまり遠近法の崩壊ということですね？

タブッキ　そう、遠近法の、そして見ることと見られることの概念が崩れ落ちたわけだ。その結果、すべてが鏡の遊びに、交錯する視線の戯れに変わった。視点の転換が生じたわけだ。それからだいぶん時代を経て、物語論を、つまり教師たち（ここにわたしも属するわけだが）が物語においても複数の視点が存在しうることを発見することになった。遅すぎる発見だったけれどね（笑）。画家たちはずっと早く発見していたんだから。それを理論化しなかっただけのことだ。

――まさしくバロック時代の発見がそれですからね。見るという行為において人間がもはや中心ではなくなってしまった、いわば中心性の喪失という事態が出来した……。

タブッキ　その意味では二十世紀もいまだバロック時代の連続だといえる。美学としても、イデオロギーとしても、哲学としても。

――『逆さまゲーム』を読んでいると、たとえば「ドロレス・イバルリは苦い涙を流して」などのように、七〇年代末期の〈鉛の時代〉について語ろうとしている短篇に出会って、あなたの社会的コミットメントが、ある意味で、鮮明にされていることに驚く読者もいるかと思うのですが……。

タブッキ　そう、『とるにたらないちいさないきちがい』に収めた短篇にもひとつあるが、わたしがイタリアのテロリズムの時代にふれた数少ない作品だ。きっと日本では、〈鉛の時代〉といってもあまり知られていないだろうし……。

――というより、イタリアの現実から遠ざかろうとしたのは、日本のほうだという気がします。

タブッキ　けれどイタリアは、わたしの国は、結局のところ、心性の奥底にまで絡みついたカトリック・イデオロギーから自由になることはできない。世界観を決定するのもカトリシズムだ。そしてカトリシズムの根本思想のひとつは、「赦し」だ。イタリアでは、なにかというと「赦し」が横行する。それと背中合わせになっているのが、「贖罪」あるいは「悔悛」という行為だ。「赦し」には「悔悛」が前提となる。だがひと度この考え方が、たとえば政府の掌中に収められたとき、「悔悛」は機能しなくなり、「赦し」だけが実行される。

――それが最近ふたたび議論に上っているアドリアーノ・ソフリの問題ですね。

タブッキ　そうだ。わたしはかれを弁護しているわけだが、それは「赦し」の観点からではなく、合理性の問題としてだ。なぜならかれが受けてきた裁判は、およそ法律国家に属する裁判とは言えないからだ。有罪を確定するに足る証拠が存在しないのだから。自白にもとづく証言によって、かれは有罪とされた。いや、「改悛」にもとづいてと言ったほうがいい。ひとりの人物が罪を悔い、証言と引き換えに自由の身になった。つまりこの人物が二束三文の悔悛で自由を得た代わりに、別の人物が二十年の懲役刑を受けたというわけだ。わたしはカトリック信者ではないから、物証だけを信じる。だが仮に百歩譲って、カトリック的な「赦し」の概念に同意するとしても、その被疑者に対し「贖罪」が適用されることを望む。

――ソフリの問題に関するあなたの考え方は、つい最近『ミクロメガ』誌で拝見しました。

タブッキ　あの公開書簡をふくんだ小冊子がまもなくフランスで出版されることになっていて、日本からの帰路にパリに寄って、テレビ・インタビューを受けることになっている。

一九六九年十二月、死者十六名を出した連続爆破テロ容疑で取り調べ中の鉄道員がミラノ警察署で謎の墜落死を遂げる。七二年五月、取り調べにあたっていた警視が自宅前で射殺。容疑は新左翼集団「ロッタ・コンティヌア（継続闘争）」に掛かる。八八年七月、同集団創設者アドリアーノ・ソフリ他二名が逮捕。起訴証拠はある「改悛者」の証言のみ。九〇年五月、ソフリ、殺人罪により禁固二二年の判決――以上が、タブッキが言及している事件の経緯である。

この問題については、カルロ・ギンズブルグも『裁判官と歴史家』（平凡社）によって、緻密かつ克明な反証を行なっている。最近では、ノーベル文学賞を受賞したダリオ・フォーが、その賞金をこの裁判闘争にあてると表明して話題をよんだ。タブッキも一貫して、ソフリたちの冤罪を晴らすべく論陣を張っている。

タブッキ　とんだ寄り道をしてしまったね。

――では最後に、日本の読者のために、あなたのお好きな作家を教えていただけますか？

タブッキ　生きている作家は除外させてもらうよ。そう、自分にいちばん近いと感じるのは、カルロ・エミリオ・ガッダだ。ピランデッロやズヴェーヴォよりも。アングロサクソン系作家で言えば、もちろん、スティーヴンスンにコンラッド……それと何と言ってもT・S・エリオットだな。あれほど聖職者でいて反動的で悪意に満ち満ちた偉大な詩人はいない。ドイツ語圏では、トマス・ベルンハルトだ。残念ながら最近鬼籍に入ったために、わたしのリストに加えられることになってしまったが……もちろんボルヘスも忘れるわけにはいかない。

要するにわたしの鞄は本でいっぱいということだ。それを背負って世界を歩くのはかなり重荷だよ（笑）。すてきにはちがいないけれどね。時々はじめての旅先で、鞄を開けてあたらしい「荷物」を詰め込んだりして……。

三日後、東京での講演を終えた翌日、タブッキはパリに向かって旅立った。かれの鞄にあたらしい「荷物」が詰め込まれたどうか、ぼくは知らない。ただ十日ほどして舞い込んだファックスの末尾に、追伸として、Ho saudade per il Giappone（日本がなつかしい）とポルトガル語交じりで書いてあったところからみて、詰め切れなかった「荷物」もあったらしいことはたしかだ。そして相前後してパリからとどいた書物には、『プラトンの胃痛』と記されていた。

『すばる』一九九八年二月号

五、時の認識と虚構をめぐって

『他人まかせの自伝』

『他人まかせの自伝』*Autobiografie altrui. Poetiche a posteriori*, Feltrinelli 2003 は、存命中のイタリア作家としてはウンベルト・エーコとならんで、世界にひろく知られているタブッキが六十歳のときに刊行された、自作小説について語った批評的エッセイ集である。巻頭にあらたに著者のことばを添えて同時に出版されたフランス語版（Édition du Seuil 2003）もある。

この批評集は、当時もっぱら政治的発言をメディアで展開していたタブッキの作家としての顔を読者によみがえらせるだけでなく、タブッキ自身が小説の虚構性に寄せるゆるぎない信頼を、はじめて批評というかたちであきらかにした書物でもあった。作家がよく口にするアフォリズムめいた物言い――「哲学は真理だけを相手にしているようにみえて、もしかしたら空想ばかり告げているのかもしれなくて、文学は空想にかまけてばかりいるようにみえて、もしかしたら真理を告げているのかもしれない」――に端的にしめされているように、小説という器に盛った空想の産物こそが真理との邂逅をもたらしうるのだという信念にも似た信頼感がうんだ書物であるといってもかまわない。

『レクイエム』『ペレイラは証言する』『遠い水平線』『ポルト・ピムの女』『いつも手遅れ』――これら小説五作をめぐる作家自身による批評的回想とでもよべばよいのだろうか。一篇の小説を書く。そして後から、その小説に虚構としては描ききれなかった、あるいは描くのを断念した風景や思いといったものに、あらためて向きあってみる。そんな「後づけ」の作品にまつわる思い出や逸話が、批評とも随筆ともつかない文章や、書簡を擬した文章でつづられている。

気の早い読者なら、タブッキ自身によって創作の秘密が明かされるとでも合点してしまいそうな文章がならんでいる。父親との関係、ポルトガル語との関係、ジャンケレヴィッチとブランショの思想からの影響、マルグリット・ユルスナールへの共感、ブラジルの詩人ドゥルモン・ヂ・アンドラーヂへの傾倒、そしてフェルナンド・ペソアの影——それぞれが個々の作品について評される際に、なんらかのかたちで言及されてきた固有名が一冊の書物のうちに凝縮され、読者の視界の前に居並んでいるのだから、早合点もしようというものだ。

だが、殊更に小説の虚構性にたいするこだわりをみせる作家にとって、小説作品の背後に潜む思想や逸話、風景や絵画や写真に音楽といった素材は、小説という器に虚構性を附与され顕在化されていないかぎり、存在しないに等しい。なにより、そもそもタブッキにとって、現実世界とはメビウスの帯みたいに空想世界につながる融通無碍の時間のなかにあるものらしい。それは、次の『ダマセーノ・モンテイロの失われた首』にみられる記述にもよくあらわれている。

時間というのは目の前に解けていくリボンみたいなもので、はじめての道を車で走っているとき気になるのが唯一、次の曲がり道のむこうに何が現れるかということなのと同じだ。

時間は直線的に展開するものだと納得したうえで、その時間とうまく折り合いをつけて生きる人と、どうにもぎくしゃくしてならないという、時間との関係に苦しむ人――タブッキの小説には大きく分けてこの二種類の人間が登場する。一九七五年に『イタリア広場』で小説家として登場して以来、それは変わらないようにみえる。

出し抜けに前の日に訊かれた質問に答えることもあれば、まだ起きてもいない出来事を覚えていたり、おなじ幻滅を二度あじわってつらい思いすることもよくあった。

（『イタリア広場』）

「時の病」に苦しむ人物を繰り返し見舞う無限の反復――それは夢とうつつがどこまでも地続きで見境のつかない世界の出来事のようにもみえる。だからタブッキにとって、夢は、過去と現在がかかえる直線的時系列の矛盾や対立を無化して、同時性のなかに取り込む装置として意識されたりもするのだろう。

〔……〕世界が内側に反転して、記憶でしかなかったものが現在に、ほんとうの、あるいはそうであるべき私の、思い上がったいまは仮想のいまとなって、私はそれを遠くから、まるで逆さ望遠鏡をのぞくみたいにしてながめている。

（「河」『いつも手遅れ』より）

そして、こうした《夢》のありように、作家自身が「後づけ」でみずからの時間認識を附与すれば、次のようになるのかもしれない。

わたしにはまだよくわからない。つまり、人間が通り抜けて時間が不動であるのか、時間が通り抜けるのであって不動なのは人間のほうなのか。いずれにしても、この本の登場人物たちは、手遅れという感覚をどこかで抱いている。自分自身に対してさえもだ。あるいは先回りしたと思ったり、手遅れだと思ったりする。〔……〕この本のなかでは、特に愛が時間からはみでているると思う。

（「ネット上で」「『いつも手遅れ』の周辺で」より）

たしかに『いつも手遅れ』という書簡体小説が十七通の手紙を通して読者にとどける時間のありようは、どこにもない不在の時間、もしくは遍在する時間のいずれかで、いずれにしても時間の秩序を超えた彼岸と此岸がたえず反転しながら死者と生者が交信をつづけるような、まさしく「仮想のいま」であるようだ。

生き存えたものと逝ったものが夢ともうつつともつかない記憶を手繰りよせながら、その記憶にかたちをあたえていく。そうしてかたちを得た記憶が夢としてではなく、ときに歴史とよばれたりもする出来事の集積として、小説の虚構のなかに居場所をみつける。そのとき「記憶のかたち」は「認識のかたち」へと変幻して、わたしたち読者の目に映りはじめる――作家タブッキを支える信念にも似たなにかがあるとすれば、たぶんこうした文学の可能性ではないのか。

言い換えれば、こうした「記憶」の変幻自在なありようと、その「かたち」をもとめて、タブッキという作家は、『レクイエム』をつづり、モンテイロの謎を追い、つかまえようとする先から逃れていく過去の亡霊たちを小説という器の中に取り込むことで「造形」しようと格闘しているのかもしれない。だから時間が輻輳して、経験が妄想へといたるとしても、それは、タブッキの小説のなかではありふれた夢であり現実なのだ。記憶は夢と混同されて当然だと考えている以上、時間の秩序になど何の意味もあたえられない。

意味があたえられるとすれば、それは書くという行為、それも小説において虚構を構築するという行為にたいしてだろう。おそらくタブッキにとって、書くことは過去について、そして現在についても証言をすることを意味するだろう。だから文学は真実と正義に奉仕するものでなければならない、と作家にとっての書くことと記憶することとの責務が重ね合わせられていくのだろう。

けれどこうしたナイーヴな倫理観とも映る作家の姿勢に、作家自身が苦しむのもまた道理かもしれない。

帯状疱疹《ヘルペス》ってなんだか後悔に似ている気がする。からだの中で眠っていて、ある日目覚めてふいに攻撃を仕掛けてくる。それからまた眠りにもどりはするのだが、それはどうにか飼い慣らすすべを学んだからで、ずっとからだの中にいることに変わりはないのだから、後悔には手の施しようがない。

（『レクイエム』）

いつもからだの中に潜んでいる「帯状疱疹」と闘いながら、記憶に「かたち」をあたえては「後悔」を繰り返す——それを「小説を書く」とタブッキは見定めているらしい。同じ『レクイエム』のなかで投げかけられる次の問いに、タブッキなら当然答えに迷いはないはずだ。

文学がなすべきこととはまさしく「不安にすること」だとは思いませんか？

作者タブッキだけでなく、読者であるわたしたちも心穏やかにはいられなくなるような小説を、さてアントニオ・タブッキという作家はいまもつづっているのだろうか？

この問いにたいする答えなら、わたしにも用意できるかもしれない。たとえば二〇〇九年に出た短篇集『時は老いを急ぐ』の九篇すべてがそうですから、読んでみてください、と。

それはなによりタブッキ自身が本書『他人まかせの自伝』のなかで請け負っていることでもある。

ひとは物語を書くようになると、その物語を推測するようになり、物語をひとつ書き終えたあとも、推測しつづけるのです。〔……〕本は膨張をつづけるちいさな宇宙なのです。

（「ひとは見かけによらぬもの」「『いつも手遅れ』の周辺で」より）

「膨張をつづけるちいさな宇宙」のなかで、わたしたちはたえず不安に駆られながら、小説にすがたを変えた「虚構」を旅しながら経験をつづけていくのだろう。それをタブッキは「自伝契約」ならぬ「小説契約」とよんでいるのだけれど、いまこうして『他人まかせの自伝』（とこの拙稿）を読み終えようとしているあなたは、さてタブッキの「自伝」を擬した書物に課せられた「小説契約」を受け容れ交わすことができるだろうか。

『他人まかせの自伝』解説、岩波書店、二〇一一年五月より改稿

六、時の感情を書くことをめぐって

『時は老いをいそぐ』

日本の読者には、一九九一年、映画公開に合わせて原作小説『インド夜想曲』（須賀敦子訳）が刊行されて以来、ほぼ十年間にわたって途切れることなく訳書がとどけられたこともあって、ウンベルト・エーコやイタロ・カルヴィーノとならんで、数少ない馴染みのイタリア作家がアントニオ・タブッキなのだが、世紀が改まってからは、作家自身の活動における創作の比重が相対的に減じたことを反映して、小説作品刊行のペースが以前より緩やかになったためか、日本での翻訳紹介も小休止に入った感があった。他方、日本とならんでタブッキ愛読者の多いフランス、ギリシャ、ポルトガルでは、小説だけでなく、文学評論と時事評論にインタビュー集にいたるまで、相次いで訳書の刊行がつづいた。また日本が停滞期をむかえたのと入れ替わるようにして、英語圏での認知は一気に進んだようにみえる。

そんなタブッキをめぐる日本の停滞期も終わるのかもしれないという予感がある。これはめぐり合わせとしかいいようがないのだけれど、二〇〇九年秋に作家の小説第一作『イタリア広場』*Piazza d'Italia*, Feltrinelli, 1975 が長い歳月を隔てて日本語で読めるようになり、ほぼ同時期にイタリアでは、二〇〇一年以来の新作短篇集『時は老いをいそぐ』*Il tempo invecchia in fretta*, Feltrinelli, 2009 が出版されるという出来事があった。同じ年の春先にPDFファイルで送られてきたこの短篇集に、近年にないタブッキの作家としての冴えを見たわたしは、九つがゆるやかに繋がった、なつかしくて苦い「時」の小宇宙が眼の前にみえるみごとな連作短篇集だと、素直な賛辞を作者にとどけたのだった。

ふり返ってみれば、二〇〇一年に出版された、異なる書き手がひとりの女性に宛てた手紙で構成された連作短篇集『いつも手遅れ』と本書のあいだに、旧作を網羅した『短篇集成』なる分厚い書物が二〇〇五年に出ていて、どうやらタブッキ自身のなかに、ひと区切りつけようという意思がはたらいていたらしいことに思いあたる。言い換えれば、あらたな姿勢で「短篇」というかたちによる表現に臨みたいと考えていたふしがある。

たとえば書簡体小説といった何らかの外的（形式的）制約を短篇すべてに課すのではなく、短篇それぞれがはらむさまざまな感情や出来事を、すこし遠くからながめたときにはじめてひとつの貌をかたちづくるような、そうした内在的主題への転換をあらたな連作短篇にはもとめてみようと考えはじめていたのかもしれない。アルチンボルドのかぼちゃや人参が顔の造作を決定づけるように、短篇の細部一つひとつが短篇集全体が連作であることを確認させるしるしとなるような――といえば、陳腐にすぎるだろうか。

本書巻頭に配されたクリティアスのものとされるエピグラムがしめすとおり、読者はそれぞれの短篇のなかで「影を追いかけ」ているうちに、幾度も幾度も「時」を見失う。だがそうした虚しい反復のなかにしか、ふたたび「時」は貌をあらわさない。「時」は消える、それもむなしく跡形もなく――タブッキが短篇集『時は老いをいそぐ』でつたえようとしている内在的主題とはまさしく、こうしたありふれたとさえ映る「時」の相貌なのだろう。

九つの短篇が総じて舞台を、タブッキに馴染みのイベリア半島を西へとむかうのでなく、むしろ長靴型の半島からひたすら東方へと転じることで、読者につたえようとしているのは、西欧が無邪気に差配し操っていると思い込んできた「時」や「暦」とはまったく異なる時間律がすぐ隣の、かつて東欧とよばれた一帯にはたしかに存在したのだということ、そして西洋が西欧と同義語でないことを知ったいまでも、変わらず存在するのだということなのかもしれない。

ブカレスト、ブダペスト、ワルシャワ、ベルリン、テルアヴィヴ、クレタ島にクロアチア……なんらかの事情やめぐり合わせで、西洋とは異なる時間の流れ方や消え方を体験した人びとが、それぞれに抱え込んだり育んだりしている感情は、たとえば「郷愁」とよんでもかまわない。

ただし、かれらの「郷愁」は心躍らせたり暖めたりするなつかしさではない。むしろこれ以上ないほど過酷な体験であったり苛烈な感情であったりする。通常わたしたちが理解している《幸福な記憶の容れ物》とはおよそ対極にある〈最低・最悪の記憶の容れ物〉としても、「郷愁」は掻きたてられるのだということを、九つの物語は告げているようにみえる。

＊

たとえばテルアヴィヴの豪華な老人ホームで余生を送るひとりのユダヤ系ルーマニア人にとって、カレル二世時代のファシストによる弾圧も、共産党による戦後チャウシェスク体制の弾圧も、いわば二度にわたる最悪の体験がまるごと「郷愁」を誘うからこそ、「ブカレストは昔のまま」という台詞がこぼれ出てくるのだろう。それを目の当たりにするひとり息子があじわう拠るべなさの背後にひそむ錯綜した歴史と記憶に、読者もまた時間の中空へと抛りだされるような感覚をあじわう。

元東ドイツの諜報部員——長年ブレヒトを監視した男があてどなくベルリンの町をさまよい、気づいたら作家の墓の前にたたずんでいた。ひそかに抱えてきた秘密を打ち明ける男。だが、スパイであったその男自身、じつは別のスパイによって監視を受けていた――『レクイエム』のリスボン逍遙に似た幻影への「郷愁」がここにはある。まさに〈最悪〉であるはずの「壁」さえも「郷愁」を掻きたてるのだとタブッキは告げているようにみえる。

あるいは、ハンガリーの首都を、ある朝轟音とともに戦車が埋め尽くし激しい市街戦がくりひろげられたとき、第二次世界大戦後の世界に「冷戦時代」とよばれる決定的な分裂構造をもたらしたこの出来事を、現場で、つまり激しい攻防戦を指揮していたふたりの軍人が、半世紀の歳月を経て、ニューヨークでふたたび出遭う。

再開を望んだのは侵略された側の、詩人を志していたはずが思いがけず祖国の英雄に祭り上げられてしまった男。旧ソビエト軍の敵方はといえば、いまやニューヨークの高層アパートでプエルトリコ人の介護を受け優雅に暮らしている。セントラルパークを見下ろす高級アパートの一室で、バルトークの旧いレコードに耳を澄まし、日がな思い出に浸って過ごす男の、就寝前の儀式は寝室のタンスにつるした当時の軍服の両肩をポンポンと、親友の肩ででもあるかのようにたたくこと――「将軍たちの再会」に描かれた二重写しの倒錯した記憶と感情にも、同じく「郷愁」のにおいが染みついている。もっとも、この容れ物に詰まっているのは、〈最悪の記憶〉ですらなくて、〈空っぽのなにか〉でしかないようにみえる。

あるいはまた、ポーランドのノーベル文学賞詩人シンボルスカの詩「老教授」を講じながら涙をながす老教授、それをみつめる初老の女性がたどる一族の記憶――記憶の回路がめまぐるしく歪み錯綜するなかで幻想とも妄想ともつかない光景が明滅するとき、〈郷愁〉は未知の対象にむけても、なつかしい感情を誘発するのだと知らされる。

＊

逃げていく「時」をむなしく追いかけて手繰りよせようとする仕儀は、思念や光景をつなぎとめ、「物語」とよばれることばの構築物に仕立てようとする行為にも似ている。いずれにせよ捉えきれない対象を、無理を承知で記憶の網膜に写し取ろうとすれば、そこに紛れ込む「嘘」もまた、「物語」（とよばれる「時」の模倣物）に奉仕する「現実」の出来事でなければならないだろう。

この短篇集には、たとえば、みずからの孤独を癒そうと次つぎ話をつくっては自分に語り聞かせている男が、なにかの手違いで、自分がでっちあげた不眠の一夜の物語の主人公になってしまう逸話がある。タブッキが審査委員を務めた第四十九回カンヌ映画祭（一九九六年）での出会いが生んだ物語だ。

コッポラ委員長のもと審査委員を務めた面々のなかに、女優グレタ・スカッキ、石岡瑛子などにまじって、『トリコロール』で知られるポーランドの映画作家、クシシュトフ・キェシロフスキ（一九四一年六月二十七日−九六年三月十三日）の弟で脚本家、ピエシェヴィッチのすがたもあった。「書くこと」が「時」との葛藤にほかならないという自明の理を、身をもって証明した兄の遺志を、遺された同志として肉親として、さてどのように受け継ぎあらわせばよいのか――さしあたり、心臓発作で急逝した兄に代わって、生前ふたりで脱稿に漕ぎ着けていたダンテの『神曲』の映画脚本をどう映画化まで漕ぎ着けるのか――ちょうどそんな逡巡の時期に、イタリア人作家とポーランド人脚本家は出会っている。「書くこと」が背負ってしまう逆説を「時をつたえる」という逆説に重ね合わせてみれば浮かんでくるやるせない思いが滲むような物語が、この短篇集にはほかにもある。

たとえば、危篤の叔母を病院に見舞う作家の逸話。作家がさぐるのは誰の記憶なのか、そうではなくて、何ものかに帰属する記憶ですらなく、いつのまにか迷い込んだ幻視空間のなかで虚空に、みずからのあこがれを投影しているだけなのか――一九六〇年代ミラノで生まれた前衛詩からタイトルを借りた美しく感動的な一篇により添ってみれば、みえてくる光景はこんなふうかもしれない。

あるいは、イタリアのどこかから飛行機でクレタ島にやってきた男の、旅と記憶と妄想が絡み合う物語についての物語もまた、物語を書くことが時間をつたえることと同義であり、逃れられない逆説を抱えこむという理を教えてくれるだろう。それはちょうど、フレスコ画の色彩と図柄が歳月に浸蝕され、いくら朧になったとしても、当初描かれた物語は褪せることなくそこに在るという、わたしたちがしばしば出遭う体験に似ている。

だとすれば、クロアチアの海辺のリゾート地に、なぜかコソボでの紛争処理に派遣され劣化ウランを浴びた元イタリア軍兵士が療養と称して、日がなぼんやり、雲をながめているという設定も、そしてその男がひとりの少女と浜辺で知り合い、雲をみて未來を占う術を少女につたえようとする行為も、いわば当初からそこに在る物語を「書く＝つたえる」ための必然として生まれたのだといえるかもしれない。

＊

この作品集『時は老いを急ぐ』に登場する人びとはいずれもわが身を「時」と引き比べることに心をくだく。人物たちが生きた、あるいは生きている物語の時間、記憶の時間、あるいは意識の時間と、それぞれに。まるでかれらの砂時計のなかで砂嵐が起きたかのようだ。時は逃げ、停まり、引き返し、身を隠し、ふたたびすがた現わしては精算をせまる。過去から亡霊たちが嘲笑うかのように立ち現れ、事物一つひとつの輪郭がぼやけていく（なお、タブッキのこれまでの作品全体における「時の病」に憑かれた人びとについては、前章「時間認識と虚構をめぐって」を参照されたい）。

『時は老いをいそぐ』解説、河出書房新社、二〇一二年二月より改稿

追憶の軌跡

1

二〇一二年三月二十五日、治療の甲斐なく、イタリアを代表する作家アントニオ・タブッキが、六十八年六カ月の生涯をリスボンで閉じた。二月に届いた私信には、抗癌剤による治療を、リスボンで受けているとあった。

ポルトガルの首都は、自身も著名なポルトガル文学研究者である妻マリア・ジョゼの故郷。その女性とむすばれ、同じポルトガル文学研究者として、ともに切磋琢磨してきたタブッキにとっては、「第二の故郷」とよんだのでは物足りないくらい、ふかい縁《えにし》をむすんだ町である。

近年のタブッキは、もっぱらパリとリスボンで暮らしていた。イタリア中部にある故郷の村からは足が遠のく一方だった。イタリアに、とりわけ長年つづいていた大衆迎合型政治に厭気がさしたからだ。タブッキが最期をイタリアではなく、リスボンでむかえたのは、だから本人が望んでのことだ。

訃報を受けて、スペインやフランスの、作家が寄稿していた日刊紙はもちろん、ヨーロッパ中で追悼に多くの紙面が割かれたのは、ほかでもない、タブッキが現代における「もっともヨーロッパ的な作家」であった証である。そして極東にあるわが国の読者が、フランスに次いで、このヨーロッパ作家を愛したことの不思議をあらためて思う。

昨年、まだ作家がわが身に死の影が差すことも知らず、ひたすら背中の痛みを訴えていたころ、一冊の作品集が出た。『絵のある物語』である。

「絵画がわたしのペンを動かすのはよくあることだ。もし遠い昔、一九七〇年のある昼下がり、プラド美術館に足を踏み入れ、ベラスケスの「ラス・メニナス（女官たち）」の前で「虜」になって、閉館までその展示室から出られなくなる――

こんなことがこの身に起きなかったとしたら、わたしが『逆さまゲーム』を書くことはなかっただろう」

タブッキが折に触れてつづってきた、絵画作品に触発されて生まれた短い物語。それらを編んだ作品集にあたえられた表題が『絵のある物語』というわけだ。

三五五頁におさめられた「絵」から生まれた物語をむすぶ鍵、それは、タブッキの読者にはなじみ深い、「夢」である。絵のなかで、タブッキがとらえたかたちが、タブッキの夢のなかに取りこまれ、その瞬間、かたちが一つひとつ物語へと変貌する。

「最後にアントニオ・ダコスタを見かけたのは、夢のなか、アソーレス諸島でのこと。かれが夢を見ているところに、わたしが訪問者として入りこんだのだ」

夢のなかに入るとは、絵のなかに入って、心穏やかでない画家と、描かれた人物たちの出来事を分かち合うことを意味するらしい。

「想像力はイメージのはるかむこうまでいく」――先にふれたベラスケス体験をふり返って、タブッキは述懐する。

そのもっともうつくしい作品が、現代イタリアを代表する肖像画家に寄せたオマージュ、絵はがきから生まれた物語「元気で」だろう。男がペルーに旅立つ準備をしている。妻といっしょの旅のはずが、妻はこの世を去ってしまった。駅への道すがら、男は絵はがきを数枚もっていく。南米から妻と連名で投函するつもりなのだ。無人の、暑さにうだるような駅で、アイスクリームを売る男の子に出会う。すると、その子が自分と同じ名であると判る——夢かうつつか、タブッキおなじみのあわいに、結末で読者は抛りだされる。どうやら、まだしばらく、タブッキの世界に浸っていられそうだ。哀しみに浸るのでなく。

東京新聞、二〇一二年四月十一日付夕刊

2

アントニオ・タブッキ——三月二十五日朝、リスボンで死去。

作家の訃報を知ったのは友人のイタリア人日本文学研究者からの電話だった。あと小一時間もすればローマに着こうかという列車の中で、半ば覚悟していたとはいえ、ついに訪れた知らせに動転したまま、ミラノの出版社が流した「速報」をネットで確かめ、無駄を承知で作家とその妻の携帯に、それでもと電話をかけて、お悔やみのことばを残した。

二月に届いた短いメールの文面に、いくつも綴りの間違いがあり、それ自体が作家の病状を物語っていた——リスボンにいて化学療法を受けはじめたところだ。そう言えば、どんな病気か判るだろう。また様子を知らせるから。

そうして届いたのが、訃報だった。

一九四三年九月二十三日、作家が生まれた日、斜塔で有名な町ピサは、連合国軍による二度目の大規模な空爆に襲われていた。だから自分はその日、町で生まれたたった一人の子どもなのだと、笑い混じりで語っていた。その新生児が、いま、「イベリア半島のバートルビー」(『エル・パイス』紙)、「もっとも偉大な作家のひとり」(『ル・モンド』紙)として悼まれている。

一九九一年、映画化を機に『インド夜想曲』が翻訳されて以来、フランスとならんで愛読者の多い日本でも、こうしてささやかな哀悼を捧げる場があたえられたと知れば、きっと作家も微笑んでくれるにちがいない。

一九七五年に始まった四十年に満たない創作活動のうち、八〇年代からの二十年間が作家にとって、もっとも多産で充実した時期であった。『レクイエム』をポルトガル語で書き、『供述によるとペレイラは』でサラザール政権下のポルトガルを舞台に、表現の自由を訴え、たくさんの短篇で、夢のありかを言葉でさぐろうとした。

ただ、一九九四年に端緒を発したイタリアの大衆迎合型政治にたいする失望と苛立ちが募るにつれて、世紀が改まるころには、活動の比重が時事社会評論へと移行し、あいだに短篇集『いつも手遅れ』(二〇〇二年)が出たものの、小説を待ち望む読者の願いはなかなか届かなくなっていった。

そうしてようやく、二〇〇九年秋、読者の声が届いたのか、『時は老いをいそぐ』が刊行され、これからまた、夢とうつつのあわいを生きるタブッキの世界に幾度も出逢えるとの想いがふくらんでいたところに、罹病の知らせがもたらされた。

物語は、「わたしの本に居場所を見つける前に、現実のなかに存在していた」。それに、「耳を澄ませて語ること──わたしがしたのはそれだけだ」。この「それだけ」が果たせる稀有な作家タブッキが逝ってしまった。

朝日新聞、二〇一二年四月二日付夕刊

3

三月二十五日朝、アントニオ・タブッキが六十九年に満たない生涯を、妻の故郷であり、作家の第二の故郷であるリスボンで終えた。同地で葬儀の営まれた二十九日、イタリア中部にある故郷の村ヴェッキアーノでも、黙祷後、朗読による追悼式が催された。

タブッキが一躍、日本で人気作家となったのは、一九九一年、八九年に映画化された中篇小説『インド夜想曲』の作者として、映画公開に合わせ出版された須賀敦子訳による訳書に負うところ大であった。その後、九〇年代を通し、八〇年代以降の小説作品が途切れず翻訳紹介された結果、日本は、世界的にみても、フランスと並ぶタブッキ愛好国となった。

そんな中、九七年秋、国際交流基金の招聘により作家の訪日が実現した。離日直前の一夜、東京千鳥ヶ淵で行なわれた講演につづいて公開対談があった。相手は、須賀敦子。「私は何語で死んでゆくのかしら」。終わり際にもらした須賀の言葉が、作家を、そして居合わせた聴衆を撃った。既に病魔に冒され、入院先から許可をもらって駆けつけた須賀の静かで毅然としたたたずまいに、作家の表情が一変した。

「ひとはある言語で忘れ、ほかの言語で思い出すことができる」。作家自身、あるフランス哲学者の、この言葉に導かれるようにして、ポルトガル現代詩の、とりわけ夥しい「異名」のもとに詩作をつづけたフェルナンド・ペソアの研究と翻訳にのめり込み、いつしか自分も小説を書きはじめていたという軌跡をたどってきたからだ。

その詩人ペソアの影をもとめて、真夏のリスボンをさまよう「わたし」の夢幻的世界を描いた小説『レクイエム』が、イタリア語でなく、ポルトガル語で執筆された事実こそ、実のところ、タブッキと須賀の一瞬にして生じた深い共鳴の理由を証するものかもしれない。

母語ではなく、「愛情と省察の場となる言語」、つまりポルトガル語でなければ『レクイエム』は書けなかった。その秘密を作家が明かすのは『他人まかせの自伝』に収められたエッセイ「音韻のなかの宇宙」を待たねばならない。

だが、あの夜、須賀がちいさな声で発したみずからへの問いかけは、確実に作家の深いところにくすぶっていた思いをも揺さぶったのである。

一九九八年三月須賀が六十九歳でこの世を去ったあと、同士を失った気分だとタブッキが語ってくれたのは、もう一つ春を数えた九九年四月、リスボンで一週間にわたって開かれた作家にささげられた国際シンポジウムに同席したときのことだった。

須賀の死から十四年、十四歳年長の同士を追うようにしてタブッキの訃報が届いたことの不思議なめぐり合わせに、あらためて思う——アントニオ、あなたは何語で夢見て、何語で死んだのですか？

（共同通信配信、二〇一二年四月）

4

タブッキ、リスボンで死す。あれからひと月。耳の奥で鳴り止まない音がある。しゃがれ声で「Zé？（ゼーェ？）」と妻をよぶ作家の声。電話口で、目の前で、場所と状況はちがっても、息の切れる手前で、スッと上がる語尾に、いつも無邪気な甘えが籠められていた。

セーヌ河岸に並ぶ屋台の本屋を冷やかすのが日課だったイタリアの青年が、パリで出遭ったリスボンから来た娘。ふたりを結ぶ絆に織り込まれたポルトガルの前衛詩人ペソア。パリ六八年、異議申し立ての季節がすぐそこに迫っていた。

ふたりの出遭いから半世紀を数えずして、訪れた作家の死にあらためて思う。妻マリア・ジョゼとの出遭いがなければ、ペソア研究第一人者としてのタブッキも、イタリア語でもポルトガル語でも書く小説家タブッキも生まれなかっただろうと。

七五年、長編小説『イタリア広場』で、故郷の近代化のあゆみをたどり、わが身の出自を確かめることから始めた作家は、やがて、中短篇にみずからの適性を見出していった。

日本でも知られた中篇二作、『インド夜想曲』（一九八四年）と『レクイエム』（一九九二年）を取り巻くように届けられた、『逆さまゲーム』（一九八一年）に始まり、『フェルナンド・ペソア最後の三日間』（一九九四年）に至る短篇群にこそ、作家の真骨頂をみることができる。

だが、九四年に出来したイタリアの政治社会状況に対する苛立ちが、舞台をポルトガルに移し換えた社会派長篇小説へと作家を駆り立てる。

そして晩年となった十年余に、連作短篇集二冊に、絵画をめぐる短篇集が出た。

これが読者への遺言に映ることが、哀しい。

……………………………………………………………毎日新聞、二〇一二年四月二十八日付

七、墓碑銘としての手紙

『いつも手遅れ』

アントニオ・タブッキが遺した作品のうち、まず何を日本の読者に手渡すべきかと考えたとき、迷わず『いつも手遅れ』*Si sta facendo sempre più tardi*, Feltrinelli 2001を届けようと決めたのは、作家の死後ふり返ってみれば、この作品が、およそ四十年におよぶ作家活動の転機であったと、あらためて確信したからだった。

＊

作家は二〇一二年三月二十五日未明、数カ月の闘病生活の末、リスボンの病院で息を引き取った。六十八年と六カ月の生涯を終える街はイタリアのどこでもなく、ポルトガルの首都でなければいけなかった——本人のつよい意志として、この選択がなされたことは、タブッキの読者なら容易に想像がつく。かれこれ十年以上、作家にとって、祖国とはイタリア共和国の謂ではなく、どこで暮らしていても持ち運べるイタリア語の謂であることは、周知の事実でもあった。もちろん故郷とよべる町は、最期まで変わらず、ピサに程近いヴェッキアーノというちいさな町であったけれど、半島に幾つかの島をしたがえた「イタリア」とよばれる国は、すくなくとも故国でなくなって久しかった。

リスボンの、かつてフェルナンド・ペソアも埋葬されていた墓地に、作家は眠っている。一九六九年に卒業論文としてかたちをなす「ポルトガルのシュルレアリスム」に、未来の作家を惹きつけた詩人ペソアとおなじ墓地に埋葬されるめぐり合わせを、わずか十五年しかつづかなかったけれど、友人のひとりとして、仕合わせに思う。

歿後一年を期して、三月には遺稿集として、作家論や文学論、追悼文やエッセイなどを編んだ『すべて残るはわずか』*Di tutto resta un poco*, Feltrinelli, 2013 が店頭にならんだ。次いで九月には、掌篇『イザベルに　ある曼荼羅』*Per Isabel, un mandala*, Feltrinelli, 2013 が出版された。また作家との交友を描いた若い小説家アンドレア・バイアーニによる中篇『ぼくのことわかるかい』*Mi riconosci*, Feltrinelli, 2013 も三月に出ておおきな話題をよんだ。

前年に続いて二〇一三年も、作家の祥月命日の前後と、誕生日である九月二十三日（もしくは二十四日）の前後には、追悼の催しがヨーロッパ各地で相次いで開かれる。日本でもちいさな朗読会が各所でおこなわれ、集った人びとがそれぞれに選んだ一節に耳をすませていると聞く。

作家が逝って間もなく、ある雑誌の編集長から五月末発売に合わせて追悼特集号をと依頼があった。哀しみのさなかの無茶な申し出に、だが躊躇したのはほんの束の間だった。まずはできるかぎりの手向けをと気持ちを切り替え、無茶を実現へと心を砕いた甲斐あって、予想を超えた読者からの反響がとどいた。唐突な死のひと月余り前に店頭にならんだ短篇集『時は老いをいそぐ』にたいする読者の反応も有り難かった。

＊

さて『いつも手遅れ』は、著者によって附されたながいあとがきのなかで、「書簡体小説」と規定されている。

もちろん素直に真に受けて、オウィディウスからはじめて中世のアベラールとエロイーズの愛の書簡を経て、ルソー、ゲーテ、フォスコロ、カフカといった告白書簡や、モンテスキューの道徳書簡、チェスターフィールド卿の息子宛教訓書簡、ユルスナールによるハドリアヌス帝の回想と、文学史における書簡体小説の系譜をたどったうえで、さて、この『いつも手遅れ』なる小説をどう位置づけるかと考えてみるのも（事実、『他人まかせの自伝』には、著者みずからによる分析の試みがなされているので、そちらを参照するのも）、本書理解の一助にはなるだろう。

けれどタブッキは、なんともやっかいなことに、そうした文学史における書簡体小説の約束事を、ほぼ何ひとつ踏襲していない。むしろことごとく破棄しているといったほうがよい。

たとえば、仮に、それぞれ差出人の異なる十七通の手紙に、一通の取次会社による事務的（かつ公開の）返信という構成を、書簡体小説を例外的に成立させる一条件であるとこじつけてみる。そのうえで、これが愛の書簡集だと考えてみる。だが、あいにく、十七通、いや十八通の手紙のどこにも、たとえばその愛がどのように生まれ、どのように終わったかについては、何ひとつ語られていない。あるいは、愛する女性に自分のところに戻ってほしいとことばを尽くすこともない。こんなことを書いたら相手がどう思うだろうかと恐れることもない。十七通の手紙では、たしかに愛する女性が、いまここではないどこかにはいて、故あっていまは別れ、あるいは離れた男が手紙をつづっている体になってはいる。けれど、男たちにとって、希望はすべて、あらかじめ潰えているようにしかみえない。

クレタ島、プロヴァンス、パリ、ロンドン、ポルト、テッサロニキ――港町あり、都会あり、田舎あり、島あり、かつて愛するふたりが訪れた土地が、記憶の場所としてつづられる。読者にはほとんど何の知識もない土地ばかりがならぶ。手紙の書き手にとって、現在とはそうした過去以外の何ものでもない。書き手のなかに「今日」と「明日」は存在しない。ただ「昨日」があるだけにみえる。手紙が、相手との距離を埋めたり取り除いたりするために、あるいは愛するひとの不在がもたらす苦しみを和らげるためにしたためられるものであるのに、タブッキの場合、手紙にそんな役割は端から期待されていない。語り手＝書き手がつねに「過去」に生きるひとであるからだ。言うならば、すべての手紙がどれも「墓碑銘」なのだ。

相手の不在とあふれる記憶に苦しむ書き手は、返事などけっしてないと知りながら、手紙をしたためる。どの手紙も「わたし」の比重がとてつもなく肥大化し、「きみ」の比重はどこまでもかぎりなく軽くなる。日記であれ、告白であれ、匿名の一人称が、しばしば劇的ともいえる昂揚のなかでことばをついやしていくうち、どうやら手紙はどれも決定的に失われた不在の女性に宛てたものであるよりも、わたしたち読者に宛てたものでないかという思いが募ってくると言ってもよい。

けれど、わたしたち読者に宛てて、何をつたえようとしているのか？——この問いにたいするこたえを得るためには、たぶん、こんなもうひとつの問いを投げかけてみるとよいかもしれない。

この「書簡体小説」に登場するポリフォニックな語り手の声に一貫性をもたらしているものは何なのか？

物事はどのように進んでいくのか。そして何に導かれるのか。何でもない些細な事だ。これはぼくが読んだ言葉だ。そして今、ぼくはこの言葉について考えている。探しているのはぼくらなのだろうか、あるいはぼくらは探されているのだろうか。

（「Forbidden Games」）

同じような自問がもうひとつ、別の手紙のなかにも。

物事はどう進んでいくのだろうか。そして何に導かれるのだろうか。何でもない小さなことだ。八月の晩、夕暮れ、ぼくらの地方によくある海岸松が赤く染まる。日中のあの鮮明な緑色からまず金色になり、その後バラ色になり、その後レンガ色になる。〔……〕時には嘘の語源から正しい結論が導かれるものだ。（「ただ一弦のハープは何の役に立つのか？」）

奔流する川に流されるようにして、タブッキの差出人は出来事の洪水にそこかしこへと連れ去られ翻弄される。物語る声はどれも「あとづけで」人生の判じ絵を反芻している。みずからの人生から生の論理性を奪い去ることになった取るに足らない行き違いについて、「偶然」だけが支配する世界のなかで、「他人まかせ」で述べるように、創作として書くとは「時間から逃れること」を意味するのだとすれば、ここにつづられた手紙はいずれも時間の迷宮に迷い、無時間のことばがつくる小径をたどりながら、記憶や出来事を道すがら、あちらこちらに配しつつ、進むようにみえて、じつはただ一点、たとえば「昨日」と呼び慣わされる「過去」に釘付けにされている。

きみの旅程、通る道、きみのすべてを予測していた著者のその本を読んできみは、ひょっとしてぼくは自分の未来を追いかけているのではないか、と考えはじめ、同時に、見失っていたものの感覚を取り戻した。見失っていたもの、それはきみの垂直の旅だ。きみの旅が、執拗で無意識な真の終わりにさしかかり、水平になったようなものだ。そうだ！　そうだ！　きみは変わりやすく、時間はきみを通り抜けているところだ。そしてきみの未来はきみを探していて、きみを見つけて、きみを生きているところだ。未来はすでにきみを生きた。

愛する人、知らない街の宿屋の引き出しに、自分の人生について書かれた本を見つけるなんて、物語のくだりみたいだと思わないかい？　きみは、一体私に何を書いてるの？　と言うかもしれないね。ぼくはこう答えてもいいだろう、誰がぼくを書いているんだ？　と。確かに、結局のところ、誰がぼくを書いていて、ぼくはきみに何の話をしているんだろう？　ぼくはきみに、起きた出来事を、ぼくの未来がぼくになれと望んでいる事を、ポルトのある宿の引き出しに偶然見つけた本の、補足的で不可欠な逆さまの過程について話しているんだ。

（「人生の奇妙なかたち」）

だから語り手にとって、すべては既にあらかじめ識っていることでしかあり得ない。そして同時に、すべては、時間の峻厳なる冷酷さに抗する唯一の手段としての「書くこと」に奉仕するものとなる。

ぼくらは自分たちも一緒に流れていることに気づかず、流れているのは川だけと思い込んでいたね。それからきみに伝えたい。きみを待っているということを。戻ってくることのないひとは待てないのだとしても、というのも、かつての自分に戻るためにはかつての自分でなければならないわけで、それは無理だから。それでもきみに伝えたい。いいかい、このあいだにあったすべてのことは、錐が花崗岩に突き当たったときみたいに穴を開けることは不可能に思えたとしても、その実、何でもないんだ。いつの日か、きっと、きみに書くはずの手紙、いつも思いを馳せてきた手紙、このあいだじゅうずっとぼくの傍らにいた手紙、きみに書かなければならない手紙、そして必ずや書く手紙をきみが読むならば、越えられない障害ではちっともないいんだ。安心しておいで、約束するから。

（「書かなければならない手紙」）

『いつも手遅れ』は書簡体小説としての要件を徹底して欠いたまま、ひたすら時間の流れに諍おうと「過去」にこだわりつづけている。タブッキの言う「書簡体小説」とは、筋においても時間構造においてもすべての展開が否定されているという点において、メタ書簡体小説だといえるのかもしれない。タブッキの手紙には記憶だけがのさばっているのも、不在に支配された小説のかたちであると考えれば、メタ書簡体小説であるということもできる。

愛しいあなたの名前を、あなたのために涙を流せるせめてもの場所をもとめて、ありうる限りすべての墓地の墓碑銘という墓碑銘を読んでまわったの。

（「いつも手遅れ」）

唯一の女性である「わたし」が「風に託した手紙」のなかで告白する記憶にあらわれる「墓碑銘」とは、じつは墓に刻まれた碑銘であるよりも、男たちが十七様につづった手紙のことばそのものなのではないか――そう考えなければ、著者があとがきで記すように、「広大な愛の領域と同じくらい広くて、怨恨、憤慨、郷愁、後悔といった、愛の領域とは無縁にみえる未知の領域にまで広がっている」恋文など、手紙として成立するはずもない。

そして広がりすぎた愛（の不在）の領野を、「わたし」と名乗る女性の声が「庭鋏」で裁ち切ることで、この特異な（メタ）書簡体小説は終わりをむかえることが可能になるのだ。

冒頭に、この作品集がタブッキにとって作家活動の転機を画するものだと述べた。それは、文学史に連なる書簡体小説の系譜を覆してでも、タブッキが手に入れようとした主題がこの作品集にみとめられるという見立てによるものだった。

小説作品でいえば、『イタリア広場』（一九七五年）以来、『ダマセーノ・モンテイロの失われた首』（一九九七年）にいたるまで、途切れなくつづいた「記憶」の探究という主題が、この『いつも手遅れ』を契機に、「時間」の探究へと転じたということだ。この作品集につづいて発表された評論集『他人まかせの自伝』（二〇〇三年）は、副題に「あとづけの詩学」とあることからも分かるように、タブッキ自身による自作への註釈ともいえる批評的エッセイだが、そこに収められた自己註釈からはタブッキの主題としての「時間」にたいする傾斜が作品の軌跡を追ってうかがうことができる。

そして二十世紀に刻んだみずからの足跡を精算するかのように、モノローグという形式を採って長篇小説『トリスターノは死ぬ』（二〇〇四年）を著したのち、いったんこれまでの短篇をまとめたうえで、あらたな連作短篇集『時は老いをいそぐ』（二〇〇九年）において、真正面から「時間」の主題に挑んだというわけだ。

『いつも手遅れ』解説、河出書房新社、二〇一三年九月より改稿

元気で

『絵のある物語』より

アントニオ・タブッキ

Tullio Pericoli: *Cartolina da Firenze*, 1983

さて絵はがきの宛先をどうしたものやら。思いをめぐらしてはみたが、リストをつくるまでもないかもしれないと思い至った。どうせ現地に行けば忘れてしまうからだ。机から紙を一枚とり、腰をおろすと、おもむろに名前と住所を書きはじめた。煙草に火をつけた。名前をひとつ書いては、その人物について思いをめぐらし、煙草を一服ふかしてから次の名前に移るのだった。全部書き終えると、それを手帖に書き写してから紙を破り捨てた。手帖はまだ開けておいた鞄の、ワイシャツの上に置いた。まわりを見回し、部屋中くまなく視線を走らせ、なにか忘れ物はないかと確かめようとしたのは、それが長い旅になるとわかっていたからだ。それから絵はがきのことを思い出したのだが、それはある画廊で買い求めてから、書棚においたままにしてあったものだ。一枚一枚ながめては、こうしていま支度をしている旅に似つかわしいか品定めをはじめた。たいしてよくない、あまりふさわしくないかもしれないな、マルケ地方の絵はがきは。これを南米から送るとなると。けれど考えてみれば、魅力なのは絵はがきに貼る切手のほうだ。たとえばペルーでなら、オウムの切手が買える。オウムが描いてある切手が、あの国なら、あるに違いない。コロンブスが来る前の神々を描いた切手だってある。謎めいた微笑を浮かべた仮面、そのどれにも黄金に極彩色を施してある。むかし王宮殿の展覧会で見たことがあるくらいだから、きっと切手にだってなっているはずだ。そんなことを思いつくと、うきうきしてきたのは、ありふれた、それも観光客むけの絵はがきが、どれも冴えない色付けの、みっともなくて、なんともあやしげな、要はそれがメキシコから投函されようとドイツからだろうと何の変わりもないせいだった。そうなると、「アスコリにて」と書いてある絵はがきは、オアサカにてとかユカタンにて、あるいはチャプルテペク（こんな地名だったっけ？）にて、とこれから自分が行くはずの、こんな土地のどこから投函された絵はがきよりも貴重だということになるからだ。

そもそもイザベルと行くはずだった。彼女がまだこの世にいたらの話だが。イザベルはもういない。ひとりで先に逝ってしまった。十五年掛けてふたりで計画してきた旅だったから、何ごともなかったかのように出かけるわけにはいかない旅なのだ。とくに自分たちみたいな仕事をかかえている人間には。時間にもお金にも余裕がいる旅だ。どれひとつ昔は持ち合わせなかったものだ。それが全部揃ったときには、イザベルがいない。机のところまでいってイザベルの写真を一枚えらんでから、鞄に手帖と絵はがきと並べて置いた。ふたりでヴェネツィアのサン・マルコ広場で腕を組んだ写真で、まわりに鳩が群がっていて、ふたりともちょっと間抜けに見えるくらいに微笑んでいる。懸命に動かないようにしてカメラをみつめているみたいだ。わたしたちは仕合わせだったのだろうか？　あのとき乗合船の上でイザベルがつぶやいた言葉がよみがえってきた。手を握りしめてこう言ったのだ。「いまは南アメリカには行けないから、せめてもとヴェネツィアに来ているのよね」。

水平に置かれた写真というのは滑稽なものだ。自分とイザベルが鳩の群れにまじって、サン・マルコを下敷きにして天井をながめていた。そんなふうに写真の視線が天井をながめているのは不快だったので、天地を逆さにしてからこう言った。「イザベル、いっしょに連れて行くからね。この旅にはきみも行かないとね。いろんなところに行こう。メキシコ、コロンビア、ペルー。そうして楽しみにしていた絵はがきを書こう。わたしが二人分のサインをして、きみの名前も書いてあげる。そうすればきみがいっしょにいるのと同じだろう。いや、だって、いっしょなんだもの。いつだって、どこへだっていっしょに連れて行くからね」。

仕残したことはないかと、ざっと思い返してみたところで、こんなふうに考えるなんて、二度と帰ってこないみたいじゃないかと気づいた。すると突然、二度とここには戻ってこないことがはっきり分かった。ほぼ一生のすべてを過ごしたこの家に足を踏み入れることは二度とないのだ。この家で、謎めいた名前を持った異国の土地に、ユカタンやオアサカへ旅する夢を育んできたのだ。ガスの給湯器の元栓を閉め、電気のブレーカーを落とし、鎧戸を閉めた。窓から顔を出してみると、外は酷い暑さだった。そうだよな、八月十五日だもの。ここを去るにはうってつけの日を選んだものだ。みんな休暇に出払って、混み合っているのは海辺ばかり。みんな遠くに、町を離れて、まるで蟻みたいに押し合いへし合いしながらわずかばかりの砂地を手に入れようとしている。

まもなく十三時になろうというのに、腹は空いていなかった。起きたのは朝の七時で、コーヒーを一杯飲んだきりだった。乗るのは十四時三十分の列車だから、時間はまだたっぷりあった。束のなかから絵はがきを一枚取ってみると、「ロビンソンの島」と書いてあった。そこで裏に、「ティムルトペック、ロビンソンが漂流してきた小さな島にて、最高に幸せ、タッデオ&イザベル」と書き添えた。「タッデオ」と書いてはみたが、この名で呼ばれたことは一度もなかった。それが洗礼名で、いま頭に浮かんだのだ。それから、この絵はがきを誰に宛てたものやら、思いをめぐらした。それを決める時間はたっぷりあった。そこで、また別の一枚を手にしてみると、塔が描いてあった。その裏には、「これがマチュピチュの鎖。ここの空気はほんとうに薄い。元気で。タッデオ&イザベル」と書いた。それから全面碧色の絵はがきを取って、裏にこう書いた。「この碧こそ、いまわたしたちが生きている色。大海原の碧、大空の碧、人生の碧」。つぎに教会が描いてある絵はがきを見つけると、そのサンタ・マリア・ノヴェッラ教会とおぼしき教会の裏に、こう書き添えた。「これぞ南米のバロック。ヨーロッパの模倣にはちがいないが、陰翳がふかく夢を掻きたてる。キスを。タッデオ&イザベル」。

タクシーを呼ぶべきか、それともバスに乗るほうがよいかを思案した。駅まではたった三駅だったし、今日みたいな日にタクシーを呼ぼうとすれば、電話口でたっぷり二十分待たされる覚悟もいる。タクシー日和とはいかないようだ。あたりにタクシーのすがたは見かけなかった。それどころか車一台だって走っていない。町は完璧に無人と化していた。写真と絵はがきの上にハンカチをひろげ、気をつけながら鞄を閉めた。もう一度まわりを見渡した。雨戸を閉めると、ズボンの後ろポケットをそっとさわって、財布のありかを確かめてから、扉にむかった。戸口まできて、一瞬鞄を下ろすと、大きな声で言った。「さようなら、我が家、いや、永遠の別れを」。

バス停留所のひさしで日陰に入ると、存外気持ちがよかった。周囲のアスファルトからは蒸気が上がって水たまりが光っていた。けれどほんのかすかに寄せる風が気持ちをなごませてくれる。なのに駅に着いてバスを降りる段になって、気分が悪くなった。ほんの一瞬だったが、めまいがしたのだ。たしかに熱風が敷石からあおられたせいと、目がくらむくらいに真昼の太陽が影を奪ったせいの両方だ。駅の時計は十四時を指していた。駅のコンコースに人影はなかった。ひとつだけ開いていた発券窓口で、切符を買うと、新聞は売ってないかとあたりを見回したが、キオスクは閉まっていた。鞄は、最後まで、軽いままだった。たいそう長旅になるというのに、ほんとうに身の回りの品しか持ってこなかった。ほかは順繰りに、行った先々で機会があれば必要に応じて買えばいい。ちらっと一等乗客待合室をのぞいてみたが、そこも無人だった。どうしようか一瞬迷ったが、熱気に耐えられそうもなかったので、入るのは止めにした。たぶん地下通路のほうが涼しいはずだ。それともホームのひさしの下に行くほうが、すこし風があって楽かもしれない。地下通路をゆっくり進みながら、鞄が軽くてほんとうによかったとあらためて思った。そうして階段を上がって三番線のホームに出た。人影は皆無だった。むしろ駅全体が無人だというべきだった。旅行客は誰一人いなかった。ベンチにひとり、少年が白い上着にアイスクリームの箱を肩にかけて座っていた。少年のほうもこちらを見て、大儀そうに、箱をかけ直すと、近づいてきた。近くまで来ると、こう訊ねてきた。「アイスクリームはいかがですか?」。いや結構、ありがとう。すると少年は白い帽子を脱いで、額の汗をぬぐった。

「今日は来ないほうがよかった」

「売り上げゼロということ?」

「コーンが三つにカップが一個。十三時のお客に売れたけど。もう、お客さんの乗る列車以外に、一本も通る予定はないんです。三時間のストライキもあって、特急に影響はないんですけれど」。こう言って箱を地面に置くと、ポケットからカードの入った包みを取り出して見せた。それをベンチの背に並べて掛けてから、トントンと指で背中をつついて飛ばせてみせた。それが一つまたひとつと墜落すると、集めて傍らに積み上げてゆく。「勝ったのは、こいつらだ」と遊びのルールを説明してくる。

「歳はいくつかな？」。男が訊いた。

「もうじき十二歳」と少年は答えた。「駅でアイスクリームを売るようになって、これが二度目の夏。父はサンタ・カテリーナ広場でキオスクをやっている」

「お父さんのキオスクだけじゃ、足らないってこと？」

「無理だよ、おじさん。三人兄弟で、この物価高のご時世ときてる」。それから話題を変えて訊いてきた。「おじさんはローマに行くの？」

男がうなずいてから、ちょっと間を措いて答えた。「フィウミチーノに行くんだ。フィウミチーノ空港にね」

少年はカードを一枚手にすると、人差し指と親指でそっとはさんで、紙飛行機みたいにして、唇からエンジンの唸る音を出して見せた。

「きみ名前は？」。男が訊ねた。

「タッデオ。おじさんは？」

「タッデオ」

「おかしいね」と少年が言った。「おんなじ名前だなんて。ほかにタッデオをみつけるとなると苦労するよ。めったにない名前だもの」

「きみはどうするつもり、このあと?」

「このあとって?」

「大きくなったらさ」

少年は一瞬考えた。瞳がきらきらして、あれこれ想像をはたらかせているのが看て取れた。「たくさん旅行するつもり」と答えが返ってきた。「世界中出かけていって、いろんな仕事をして、ここでひとつ、あっちでまた別の仕事を、って具合に、ずうっと世界中まわりつづけるんだ」

駅の鐘が鳴りだし、少年が人形を片付けた。「特急が来るんだ」と言った。「商売の用意をしなくっちゃ」

そう言い終わらないうちに、スピーカーが列車の到着を告げた。「よいご旅行を」と、遠ざかりながら箱を掛け直してから少年が言った。ホームの先頭に移動して、やってくる列車に逆行することで、少しでも売り上げを伸ばそうという魂胆らしい。そのときだ、郊外の家並みにまとわりつく熱気の分厚い壁を突きやぶるようにして列車が現れたのは。男は鞄を持って立ち上がった。

長い編成の列車だった。新型車輌の、通路側の窓が開けられないタイプで、乗客がアイスクリームを買おうと乗降扉から身を乗り出していた。男の眼には、少年がそこそこいい商売をしているように映った。車掌がふたり、ホームに降りて、全体を見まもっていた。そのうちひとりがホイッスルを鳴らすと、乗降扉が閉まった。列車は一瞬にして遠ざかった。男は列車が見えなくなるまで、ゆらめく熱気のなかでみつめていた。それからまた腰を下ろして鞄を開けた。少年が腰にくくってある小袋に小銭をしまいながら、こちらにやってきた。

「行かなかったの？」

「見てのとおりさ」

「じゃあ、フィウミチーノは？」。少年が訊いた。「飛行機に乗り遅れてしまう」

「ああ、ほかにも便はいくらもあるからね」微笑みながら男は応えた。鞄から絵はがきの包みを出して、少年に見せた。「これがわたしの人形たちだよ」と言った。「ちょっと見てみないか?」

少年は絵はがきを手に取ると、一枚一枚ながめはじめた。「このエルバ島のが好きだな」少年が言った。「ぼくも行ったことがある。このヴェネツィアのも、ちいさな鳥がたくさんいて」

「鳩だよ」と男が言った。「ヴェネツィアは鳩だらけだもの。それは種類も色も、ありったけいて、まるでペルーのオウムみたいだ」

「そうなの?」疑わしげに少年が訊いた。「でたらめ言ってるんじゃないの?」

「そんなことないさ、ほんとうだよ。だったら、これを見てごらん。全部が黄色いだろう。ここはアスコリだ。町中が黄色くて、光の加減でちょっと黄金色にだって見える」

「きれいだね」本心から言ったようだ。そしてこう訊ねた。「何枚あるの?」

「三十枚」

「ねえ」。少年がいまにも店じまいでもしそうな様子で持ちかけてきた。「取り替えっこしない?」

男はしばらく考え込んだ。

「取り替えっこしようよ、ぼくのカードと」。少年が言った。「たとえば、さっきのオウムの絵はがきとだったら、マティステ一台とフェッラーリ二台をあげる。それに歌手だって十人持ってるし」

男はちょっと思案しているふうだったが、こう言った。「じゃあ、これはきみにあげるよ。どうせ、わたしにはもう役に立たないものだから」

男は絵はがきをアイスクリームの箱の上に載せると、鞄を持って地下通路のほうへ歩きだした。

階段を降りはじめたとき、少年の呼び止める声がした。「こんなふうにしていただくわけには……」大きな声がした。「ありがとう、ほんとうにありがとう!」

男は片手をふって応えた。「元気で」。自分にこう言い聞かせた。

『ユリイカ』、二〇一二年六月号

八、夢うつつのはざまで

『レクイエム』から『イザベルに』へ

一九九六年のこと、タブッキは、数年掛けて書き継いできた作品を、いつもそうしていたように、口述して妻に書き取らせ印字したあと、ひとりの女性に託したという。そして、もう一度読み直したいからと手許に戻したのは、二〇一一年夏のこと。作家に残された時間はすでにわずかだった。秋には病に冒されていると判明、翌一二年三月二十五日未明、リスボンで息を引き取ることになるからだ。だが本人は、まだそれを知らなかった。

その作品が『イザベルに　ある曼荼羅』（*Per Isabel: un mandala*, Feltrinelli 2013）である。タブッキ歿後初の未刊行小説である。最後の推敲は果たせなかったとはいえ、完成したとよぶに値する作品と判断したからこその刊行であり、読み終えたあとに残る不可思議な浮遊感と果てしない不安は、ほかでもないタブッキの読者にとっては馴染みのもので、まさに作家自身がよく言っていたとおり、「読者を不安にさせたら書物は首尾よく機能している」のだとすれば、小説『イザベルに』は上首尾な出来映えの書物であると言って差し支えないだろう。

さて、『イザベルに』は、分量からしても九つから成る構成にしても、形式的要素を『レクイエム』と共有する中篇小説である。そして読みはじめるとすぐ気づくように、この小説には『レクイエム』に登場した人物が立場を変えてふたたび現れる。なかでも二人、タデウシュ（＝ヴァクラフ・スロヴァツキ）とイザベルは主要登場人物としての再登場である。

タデウシュは、『レクイエム』ではリスボンの墓地に埋葬されていて、そこを訪ねた語り手「私」とイザベルをめぐって会話をかわす設定だったが、ここでは死者のまま、というかおおいぬ座の一等星シリウスからやってきた語り手「私」となって、イザベルの痕跡を訊ねて歩く物語の狂言廻しをこなす亡霊として登場する。そしてイザベルは、ここでも謎の死を遂げた捜索の対象に変わりはないが、脇役だった『レクイエム』とちがって、物語の中核であり主役として、全篇通して少しずつパズルのかけらを拾い集めるように、その謎めいた生涯が再構成されるなかで、いわば黄泉の国と此岸、もしくは夢とうつつを自在に往き来する亡霊へと変身を遂げている。

タデウシュがイザベルを探す旅の物語でもあるこの作品は、物語の時間と空間の枠においても『レクイエム』と際立った対照をみせる。『レクイエム』が七月末、真夏のリスボンの一日を生きる語り手「私」の幻覚の書であったのに対し、『イザベルに』は、いわば時空間の物理的制約を超えた無限の、というか無時間のなかで、ポルトガルからマカオ、スイスアルプスからナポリと夢うつつのはざまを漂う語り手「私」(＝タデウシュ)の旅の書物であると言えるだろう。

そもそも黄泉の客である二人、ともに亡霊であるイザベルとタデウシュは、『レクイエム』では揃って語り手「私」に追われ問い糾される身であったのに、この作品では、みずから命を絶ったとされる失踪者とその謎を解き明かそうと追跡をつづける探偵という、関係においておおきな変化を蒙っている。追跡を重ねるうちに、イザベルの生涯が細部にいたるまであざやかな曼荼羅のなかに再現され、遂にすべてが明かされたかにみえた瞬間、ふたたび風に掻き消されてしまうのだとすれば、タデウシュの組み立てたパズルそのものが（タデウシュとイザベルが亡霊であるように）じつは幻、はじめから存在しない謎だったのではないかと思えてくる。もしかしたら副題にある「ある曼荼羅」とは、そんな砂絵の曼荼羅に描かれた同心円の中心にイザベルを抱くがゆえに、あらかじめ不在を運命づけられた円輪の重なりだったのではないか――小説の終わり近く、イザベルがタデウシュに掛けるやさしい言葉は、そうした不在としての曼荼羅だけが唯一、さまよえる亡霊であるタデウシュの魂に平穏をもたらすと識るがゆえの振る舞いにみえる。

でもね、いいこと、あなたがわたしを見つけだしたわけじゃない、わたしがあなたをまた見つけだしたの。あなたはわたしのために捜索を成し遂げたと思っているでしょうけれど、あなたの捜索はあなたのためだけのものだったの。〔……〕つまりね、あなたは自分の後悔から自分を解放したかったのだってこと。あなたが探していたのは、じつはわたしじゃなくて、あなた自身。自分を赦すためにね。〔……〕セトゥバルからアッラービダに行く蒸気船の上で別れを告げたあの夜、あなたの罪は赦されていたの。ほんとうは何の罪もなかったのよ、タデウシュ。この世にあなたの子どもなんていない、安心していいわ。あなたの曼荼羅は完成よ。

こうしてイザベルが曼荼羅の完成を告げるとき、再会したふたりを待つのは、束の間の過去への帰還につづく永久の別れであることを、タデウシュもまた心静かに受け入れる。ナポリのリヴィエラ（・ディ・キアイア）とよばれる海辺の地区で、再会を果たしたはずのふたりが、かき混ぜられた時間の流れに運ばれて、いつの間にか、かつてふたりが最後に過ごしたポルトガルのちいさな港町をつなぐ乗り合い船の上で夜景をながめている。船が隣の港町に着いたとき、かつてと同じように、イザベルが別れを告げる。これが二度目の、そして最後の別れだと。

ヴァイオリンが奏でるベートーヴェンのピアノソナタ「告別」に伴われ、見上げた夜空にうかぶ馴染みの星に、イザベルのすがたを認め、タデウシュはふたたび歩きはじめる。この瞬間、タデウシュはイザベルとの永久の別れを受け入れ、同時に物語も終わる。いや、振り出しにもどっただけなのかもしれない。つぎに「私」を名乗って物語のなかの旅を再開する語り手が現れるまでの、束の間の休息がわたしたち読者にあたえられたにすぎないと言ってもよい。

つぎに「私」を名乗るのが、この小説に登場した誰であっても驚かない。親友モニカかもしれないし、母親代わりのばあやビー、それともソニー・ロリンズに魅せられてサキソフォン奏者に転身したアメリカ人生物学者でも構わない。それに肉屋、写真家、看守、司祭、僧師、宇宙物理学者だって、それぞれがイザベルの記憶をたずさえて生きているのだとすれば、かれらに「私」を名乗る資格はないと切り捨てるのは、日常を現実そのものと錯覚したまま物語の日常世界を生きて、開かれた物語の可能性をみずから閉ざすことになるだろう。なぜならイザベルをめぐる謎の物語への入り口はいつでも開かれていて、誰かが旅の一歩を踏み出して物語を再開するのを待っているだけなのだから。ただ、少なくともわたしたちの作家があたらしい「私」に物語の再開を促すことだけは二度とない。「すべて残るはわずか」——この小説の最後、イザベルの形見にと写真をせがむタデウシュに、ヴァイオリン男はこう言って、止む得ないと同意をあたえる。この言葉は、作家が愛したブラジルのモダニズム詩人ドゥルモン・ジ・アンドラーヂのものだが、こうして何の断りもなく物語の結末部分に置かれると、かえって作家がさりげない引用に大事な詩学を封印して、あえて無造作に抛り出したようにみえてくる。

そう思ってこの小説にある文学的引用や言及をながめ直してみると、ヘルマン・ヘッセ、カフカ、ユリウシュ・スウォヴァツキ、カモンイス、ヴィットリーニ、ガルシア・ロルカなどが、サラザール体制下のポルトガルにマカオ、スイスアルプスにナポリ、インドにチリと、歴史地理的文脈のなかに透かし絵みたいにして編み込まれていることに気づく。

それぞれの歴史地理的文脈のなかで、抵抗運動に加わり投獄され、脱獄ののち消息を絶ったイザベルの生の断片はばらばらにみえて、拾い集めてみれば一幅の絵になる、そう信じてタデウシュは探索の旅をつづけるのだけれど、そのタデウシュの歩みに読者が寄り添おうとするとき、じつは道標として頼みにできるのが、この文学的透かし絵なのだ。タデウシュと位置と読者としてのみずからの位置を測定するための確かな手掛かりをあたえてくれるからだ。

とはいえ、『イザベルに』の物語世界は、夢うつつを自在に往き来する全幅の可能世界なのだから、位置測定自体にたいした意味はないのかもしれない。マカオのカモンイス洞窟でタデウシュがリスボンにいる女性と交わす対話を仲介したのがコウモリであることを思いだそう。唐突に出来するアンドレ・ブルトン顔負けのシュルレアリスム的状況も、小説『イザベルに』全体が全幅の可能世界であるとみなせば、なんの違和感もない。

そしてこれは『レクイエム』を読みながら繰り返しわたしたちが体験したことでもある。

『イザベルに』が『レクイエム』に重なってみえるのは、けっして偶然ではない。少なくとも一九九一年『レクイエム』刊行から、九四年の『供述によるとペレイラは』刊行まで、タブッキにとって、『レクイエム』の続篇にあたる小説の構想はつねに中心的な課題であったからだ。それは、二〇一四年九月に公開のはじまった通称パリ国立図書館収蔵のタブッキの草稿群のなかにある、七冊の黒い手帖（本書の註として作家の夫人と版元社主が寄せた文章に証言がある）がなにより雄弁に語っている。この手帖については、二〇一三年九月刊行時、日刊紙『レプッブリカ』別冊に掲載された書評にも、当事者としての証言をひとつ確認することができる（Romana Petri, Quando Tabucchi mi stregò con Isabel, enigma senza fine, Il Venerdì. 27/09/2013）。評者である女性作家は、かつて『レクイエム』について、そのイタリア語訳刊行にあわせてタブッキにインタビューした際、黒い手帖のうち一冊を手に、タブッキがこの小説の草稿から一節を朗読してくれたと記している。

一九九一年にポルトガル語で書いた小説のもつ不可思議な感覚はそのままに、黄泉の国の住人である特権を恃んで、イザベルをふたたび自分の胸に抱きしめようとタデウシュがつづける旅は、時間の不可逆性を無化して展開する点において、途方もなくシュルレアリスティックにみえる。その超現実性は、旅も終わりに近づいたころ、タデウシュが出遭う奇態なヴァイオリン男の存在によって支えられていたことが判る。男がじつはつねに物語の背後にいてタデウシュを見守っていたと徐々に判明するからだ。男はまるで宇宙全体の体現者であるかのように、曼荼羅の絵図を再構築しようと格闘するタデウシュに影のように寄り添って行き先をしめしてきたことが判る。曼荼羅とは、この小説のなかで旅が完成すると同時に消滅する砂絵であり、無の謂であることを、ヴァイオリン男は教えている。そして『レクイエム』にはこうしたウェルギリウス的存在はいない。

おそらくタブッキは、どれほど極端に超現実的世界に走ろうと、このウェリギリウス的存在が全体を統御するかぎり、物語のリアリティは保証されると考えたのだろう。たとえ作者みずからが夢うつつのはざまに我が身を見失おうと、不可思議な浮遊感と果てしない不安が共存する物語世界を手に入れるためなら、過剰な逸脱との誹りもあえて引き受けようとしているかのようだ。

＊

二〇一五年には、タブッキはイタリアであらたな装いのもと、たぶんこれまでとは異なる読者の手に届けられようとしている。一四年末、グラフィックノベル版『供述によるとペレイラは』（*Sostiene Pereira*, Marino Magliani+Marco D'Aponte, Tunué, Latina 2014）が書店に並び、順調に売れ行きを伸ばしている。マリーノ・マリアーニ（ストーリー）とマルコ・ダポンテ（作画）による同書によって、とくにここ五、六年、イタリアで急速に読者を増やしつつあるグラフィックノベルというジャンルにはじめてタブッキが参入したもので、今後も続刊が予定されていると聞く。

さて『レクイエム』につづいて『イザベルに』も、このあらたなジャンルに加わって、さらなる読者を獲得するのだろうか。

『イザベルに』解説、河出書房新社、二〇一五年三月より改稿

九、眼のひと

タブッキ展によせて

二〇一三年九月二十四日、ぼくはリスボンにいた。

作家が七十歳をむかえるはずだったその日、夫人マリア・ジョゼはパリへと旅立っていった。そして作家は、七つの丘の町の北西部にある広大なプラゼレス墓地に、「ポルトガル作家」として永遠の眠りに就いていた。

主のいない誕生日に先立つ前週末には、リスボンの自宅とは目と鼻の先にある植物園の一角で、『ベアート・アンジェリコの鳥たち』に因んだ追悼演奏会が催された。会場の入り口をくぐると、トゥッリオ・ペリーコリの描く作家たちの肖像が、カクテル・ビュッフェとともに、観客をむかえる仕掛けになっていた。まずはイタロ・カルヴィーノが、そして壁に沿って進むと、エウジェニオ・モンターレが、そしてもちろん、どちらがどちらの「異名」かは判然としないけれど、フェルナンド・ペソアとぼくらの作家がこちらをみつめていた。

ながめながら不可思議な感慨にとらわれたのは、ペソアを別にすれば、そこに展示されたペリーコリの描いた肖像画のなかに、三十五年ほど前からぼくが話を交わしたことのある敬愛するイタリアの作家や詩人たちが少なからずいて、その全員がいまでは鬼籍に入っていると気づいたからだ。

そしてかれらの最後尾に、ぼくらの作家も加わったのだということが、覆せない事実として、あらためて目の前に突きつけられたからだと言ってもよいかもしれない。

十五年余の、けっして長いとは言えない歳月を、余分な遣り取り無しにわかり合える友人として過ごせた幸運は、思い描いていたよりはるかにむごい唐突な切断によって潰えた——そのことが、生き存えた者が引き受けなければならない痛み（＝傷み）の中核にあることを、再認識させられたのかもしれない。

さて、ペリーコリの肖像画を見終えて、演奏会場へと歩みを進め、チケットの確認をすませると、控えの間とも言うべき細長いT字型の空間に、モノクロームの写真が大量に掛けられていた。ところどころに、ぼくらの作家の見慣れた顔がそれぞれの写真をみつめるように掲げられている。

どれも作家自身が撮った写真だった。『旅また旅』に収められた、あるいは収めきれなかった世界各地で出遭ったひとやものや風景を、モノクロームのフレームのなかに、ときに沈着に、ときに微笑ましく、ときに冷酷に、切り取った二次元の静止画——その隙のないまなざしに、ぼくは圧倒された。

やはり「眼のひと」だったのだ、このひとは。

ぼくらの作家が「眼のひと」であることは、たとえば『絵のある物語』として纏められた視覚芸術へのオマージュとして生まれた多数の短篇や断章を読むだけでわかる。そして、その「眼」の先には、夢ともうつつともつかない、かれにだけ見える、そして聞こえる風景があり、かれだけが共有し共生する術を心得ている時間が流れている。

およそ視覚芸術の解釈や解読の文法からは程遠いまなざしにこそ、ぼくらの作家のすぐれた資質は在る——そうはじめて思ったのは、『絵のある物語』を読んだときだった。そしてリスボンの演奏会場でぼくを圧倒した作家自身の手になるモノクローム写真は、その推測を裏付けるものだった。

二次元の静止画から、光と影を読み取るだけでなく、二次元世界に封じ込められている音もにおいも、果ては時間も掬い取ってしまう想像力のありようを、幻視や幻聴、あるいは幻覚とよぶことは容易い。だが、ぼくらの作家の場合、それでは物足りない。それは生来のアナーキーな思考が作家の根底で作用しているせいかもしれない。

小説第一作『イタリア広場』で、みずから歴史を遡り確認したトスカーナが抱えるアナーキーな資質は、ぼくらの作家にとっても逃れがたく心性の奥底に息づいているということだ。だとすれば、それを「アナーキーな幻視世界」とよんだうえで、ぼくらの作家が遺してくれたテクストのなかから、その痕跡を拾い集めてみるのも悪くない。それが何より、ぼくらの作家への手向けになるにちがいない。

二〇一二年三月二十五日、ボローニャからローマへの帰途にあったぼくに、作家の訃報を告げた電話の主はジョルジョ・アミトラーノ。現イタリア文化会館東京館長である。動転するぼくを気遣ってくれる声音が耳に残っている。おかげで、翌日のちょっと晴れがましい場での挨拶のなかに、急にいなくなった作家を悼む言葉を繰り込むことができた。

年来の友人であるかれアミトラーノ館長と、こうして日本ではじめて、作家ゆかりの品々を選び集め、作家について語り、作家の小説から生まれた映画を観る機会が実現することの、幸運にして不可思議なめぐり合わせを思う。

……………「アントニオ・タブッキ　水平線の彼方へ」展カタログ、二〇一三年十月より改稿

旅のゆくえ——あとがきにかえて

「旅の行き着く先はどこも、わたしたちのX線写真みたいなものだ」――こうアントニオ・タブッキが記したのは、二〇一〇年にまとめられた旅をめぐる作品集でのことだ。『旅また旅』*Viaggi e altri viaggi*, Feltrinelli 2010と題された二六〇頁余の書物の、三十頁ほどを占めるポルトガルに捧げられた文章のうち、アソーレス諸島への旅をふり返った三頁に満たないエッセイに、この言葉はある。

タブッキにとって旅は必ずしも肉体の移動をともなう経験ではない。記憶のなかの旅も、想像のなかの旅も、等しく受けとめ浸透した結果が、わたしたちのなかで夢ともうつつともつかない物語となること――タブッキの遺した言葉が教えている旅の効能は、おそらくこれに尽きるのではないか。

はじめて訪れた町ポルトの宿屋の引き出しに見つけた「自分の人生について書かれた本」のことを愛するひとに手紙で告げる「ぼく」（「人生の奇妙なかたち」『いつも手遅れ』所収）も、ついに実現しなかったサマルカンドへの旅を、いっしょに行くはずだった「きみ」に手紙で語る「ぼく」（「書かなかった本、果たせなかった旅」同）も、どちらも旅は書物のなかにある。あるいは物語のなかに繰りだされてはじめて、旅として成立している。まるで時の迷宮をさまよいながら、起点も終点もない旅の途中で生起する出来事の洪水に身をまかせることだけが旅をつづける術だと心得ているかのようだ。

記憶は経験を呼び起こし、厳密で、正確で、執拗だけれど、何もあたらしいものを生まない。これが記憶の限界だ。それと違って想像は、思い出すことができないので、何も呼び起こすことはできない——これが想像の限界だが、その代わり、以前にはなかった、存在したこともない、あたらしい何かを生み出すんだ。だからぼくは、相互に補足し合うこのふたつの能力を使って、ぼくたちが行なわなかった、でも正確な細部にいたるまで想像した、あのサマルカンドへの旅をきみに思い出させようとしてるんだ。

だから「ポルト・ピムの女」（『島とクジラと女をめぐる断片』所収）のように、旅の現実が幻想譚として語られることによって獲得するのは、結局のところ夢のリアリティでしかないという確認も、「元気で」（『絵のある物語』所収）のように、頓挫していた旅の計画が再開され実現しようとするとき、じつは旅程を想像し算段する行為こそが旅の中核であると気づくことも、いずれも旅の行き着く先を的確に言い当てている。

「いつの間にかわたしたちが自分の内側に抱え込むようになって、ある日、偶然、そこにたどり着いている」――そんな場所だと、冒頭に引いたエッセイでタブッキは言っている。

すべてがあんなにも「場違い」だったので、旅を終えて帰ったとき、わたしの旅も想像の産物ではないかと思ったのです。それまで架空の動物だと思っていたクジラを見ました。文学のなかでしか存在しないと思っていた悲劇の人生の話を聞きました。奇妙な風景を見ました。パイナップルの木々に混じって、あじさいが咲く。こんな植物は、空想地理学の教科書にだけ載っていると思っていました。わたしが見たすべて、経験したすべてが、蜃気楼のように虚空に消えてしまわないように、それを語ってみようと思いました。ここから、『ポルト・ピムの女』と当時(そしていまでも)題された小さな本が生まれます。それでわたしは誇らしい気持ちになりました。これでやっとあの旅は現実だった、本当に起こったことだと安心できる、と。

このタブッキ自身による『ポルト・ピムの女』をめぐる回想を待つまでもなく、旅が夢や幻覚でなかったと確かめるために物語は書かれ、そして旅が物語のなかでふたたび生きることによってはじめて旅は、もしかしたら現実だったかもしれないと、ようやく夢幻の世界から外へと一歩を踏みだそうとする。けれど同時に、そうして生まれた旅の記憶の「現実」は、物語を紡いだ当の本人でさえも経験したことのない、足を踏み入れたこともない土地の記憶をも旅のなかへと繰り込んでしまう。つまりは振り出しにもどって、旅はふたたび夢うつつのはざまに送り返されるほかないというわけだ。

でも、ぼくの書かなかった小説の頁がぼくらのしなかった旅を思い起こさせたんだ。

物語として刻まれていない記憶が果たせなかった旅の記憶を先取りするかのように読者に（そして作者にも）見せてくれる。そうした旅の記憶を生きること、見ること——わたしたちが読者としてタブッキにもとめられているのは、存外やっかいな幻視あるいは幻像の世界の居住資格かもしれない。

以上、『早稲田文学』二〇一五年冬号より改稿二〇一六年三月二十五日、作家の忌日、ぼくはピサにいた。師と仰ぐ比較文学者レモ・チェゼラーニと作家の夫人マリア・ジョゼ・デ・ランカストレといっしょに、アルノ川沿いを歩いた。四年前、訃報を受けた日にイタリアにいながら、葬儀の日には帰路の機上にあって、リスボンに行けなかったことが悔やまれて、以来、作家の忌日でなければ誕生日には、せめてリスボンかヴェッキアーノか、どちらかの故郷で一家の近くにいるようにしている。そうして今年の忌日には、五月にブリュッセルで、作家の死後はじめて開かれるシンポジウムでの再会を期して別れたのだった。

五月二日、約束どおり、わたしたちはブリュッセルで再会を果たした、翌日から二日間、ブリュッセル自由大学とイタリア文化会館ブリュッセルの共催によるシンポジウム「歿後のタブッキ――『イザベルに』からパリ国立図書館タブッキ・アーカイヴズまで」に参加するためだ。ローマからは作家と同じ歳のジュリオ・フェッローニが、フィレンツェからは歿後の評論集を編んだアンナ・ドルフィが、ブリュッセル在住の『絵のある物語』を編んだテア・リミニが、リスボンからは、作家のフランス語によるモダニズム論をイタリア語に訳したクレリア・ベッティーニが、わたしたちピサ以来の再会を果たした三名に加わった。

　こうして毎年どこかで作家について語り思い出すことでいまの自分に照らしてみる——それがここ四年、忌日か誕生日を作家の故郷やゆかりの町で過ごす理由でもある。あらたな発見がある。あらためて確信に変わる仮説もある。そしてなにより、アントニオ・タブッキという最良にして最大の友人を作家として見つめなおすことをとおして、わたし自身の「X線写真」を行く先々で撮りなおしては、旅のゆくえを見定めるためだ。

＊

　はじめてリスボンを訪れたときから勤めはじめた大学を去るにあたって、なにかひとつアントニオ・タブッキという作家との出遭いと記憶と、そしてこれから書かれるはずのふたりの旅の年代記にむけた覚書のようなものをのこしておきたいと思っていた。それがこのタブッキをめぐる旅の記録になった。できうるかぎり原型をとどめるようにしながら、ともかくも旅の痕跡を残すことを心懸けた。

纏めるに際しては、共和国の下平尾直さんに、言い尽くせないくらいお世話になった。そして短篇「元気で」とその短篇が捧げられたイラスト「フィレンツェからの絵葉書」の収載については、タブッキ夫人マリア・ジョゼと、敬愛する画家トゥッリオ・ペリーコリのご厚意を得た。

この場を借りて心より感謝の言葉を届けたい。

この書物をアントニオ・タブッキに、そして十月三十一日、八十三歳の誕生日を前に急逝した共通の友人にして我が師レモ・チェゼラーニに捧げる。

二〇一六年十一月　ボローニャにて

タブッキ著作リスト

Piazza d'Italia, prima edizione, Bompiani, 1975 - Feltrinelli, 1993（『イタリア広場』村松真理子訳、白水社、二〇〇九年）

Il piccolo naviglio, Mondadori, 1978 - Feltrinelli, 2011

Il gioco del rovescio e altri racconti, prima edizione, Il Saggiatore, 1981 - Feltrinelli, 1988（『逆さまゲーム』須賀敦子訳、白水社、一九九五年）

Donna di Porto Pim, Sellerio, 1983（『ポルト・ピムの女』、邦題『島とクジラと女をめぐる断片』須賀敦子訳、青土社、二〇〇九年）

Notturno indiano, Sellerio, 1984（『インド夜想曲』須賀敦子訳、白水社、一九九一年）

Piccoli equivoci senza importanza, Feltrinelli, 1985（『とるにたらないちいさないきちがい』和田忠彦訳、河出書房新社、二〇一七年刊行予定）

Il filo dell'orizzonte, Feltrinelli, 1986（『遠い水平線』須賀敦子訳、白水社、一九九一年）

I volatili del Beato Angelico, Sellerio, 1987（『ベアト・アンジェリコの翼あるもの』古賀弘人訳、青土社、一九九六年）

Pessoana mínima, Imprensa Nacional, Lisbona, 1987

I dialoghi mancati, Feltrinelli, 1988

Un baule pieno di gente. Scritti su Fernando Pessoa, Feltrinelli, 1990

L'angelo nero, Feltrinelli, 1991（『黒い天使』堤康徳、青土社、一九九八年）

Sogni di sogni, Sellerio, 1992（『夢のなかの夢』和田忠彦訳、岩波文庫、二〇一三年）

Requiem, Feltrinelli, 1992（『レクイエム』鈴木昭裕訳、白水社、一九九六年）

Gli ultimi tre giorni di Fernando Pessoa, Sellerio, 1994（『フェルナンド・ペソア最後の三日間』和田忠彦訳、青土社、一九九七年）

Sostiene Pereira. Una testimonianza, Feltrinelli, 1994（『供述によるとペレイラは』須賀敦子訳、白水社、一九九六年）

Dove va il romanzo, Omicron, 1995

Carlos Gumpert, Conversaciones con Antonio Tabucchi, Editorial Anagrama, Barcelona, 1995

La testa perduta di Damasceno Monteiro, Feltrinelli, 1997（『ダマセーノ・モンテイロの失われた首』草皆伸子訳、白水社、一九九九年）

Marconi, se ben mi ricordo; una pièce radiofonica, RAI-ERI, 1997

L'Automobile, la Nostalgie et l'Infini, Seuil, 1998

La gastrite di Platone, Sellerio, 1998

Gli Zingari e il Rinascimento, Feltrinelli, 1999

Ena poukamiso gemato likedes, Una camicia piena di macchie. Conversazioni di A.T. con Anteos

Chrysostomidis, Agra, Atene, 1999

Si sta facendo sempre più tardi. Romanzo in forma di lettere, Feltrinelli, 2001（『いつも手遅れ』和田忠彦訳、河出書房新社、二〇一三年）

Autobiografie altrui. Poetiche a posteriori, Feltrinelli, 2003（『他人まかせの自伝』和田忠彦＋花本知子訳、岩波書店、二〇一一年）

Brescia piazza della Loggia 28 maggio 1974-2004, D'Elia Gianni; Tabucchi Antonio; Zorio Gilberto, Associazione Ediz. L'Obliquo, 2004

Tristano muore. Una vita, Feltrinelli, 2004

Racconti, Feltrinelli, 2005

L'oca al passo, Feltrinelli, 2006

Il tempo invecchia in fretta, Feltrinelli, 2009（『時は老いをいそぐ』和田忠彦訳、河出書房新社、二〇一二年）

Viaggi e altri viaggi, Feltrinelli, 2010

Racconti con figure, Sellerio, 2011

Di tutto resta un poco, Feltrinelli, 2013

Per isabel, una mandala, Feltrinelli, 2013（『イザベルに　ある曼荼羅』和田忠彦訳、河出書房新社、二〇一五年）

E finalmente arrivò il settembre, Feltrinelli, 2015

WADA Tadahiko

和田忠彦

一九五二年、長野市に生まれる。東京外国語大学教授。京都大学大学院文学研究科博士後期課程単位取得退学。専攻は、イタリア文学。

著書に、『ファシズム、そして』(水声社、二〇〇八)、『声、意味ではなく』(平凡社、二〇〇四)、『ヴェネツィア 水の夢』(筑摩書房、二〇〇〇)がある。訳書に、アントニオ・タブッキ『イザベルに　ある曼荼羅』(二〇一五)、『いつも手遅れ』(二〇一三)、『時は老いをいそぐ』(二〇一二、以上河出書房新社)、『ウンベルト・エーコ 小説の森散策』(二〇一三)、『カルヴィーノ アメリカ講義』(共訳、以上岩波文庫、二〇一一)など多数がある。

二〇一六年一二月二〇日印刷
二〇一六年一二月三〇日発行

タブッキをめぐる九つの断章

著者……和田忠彦
発行者……下平尾直
発行所……株式会社 共和国 editorial republica co., ltd.
東京都東久留米市本町三-九-一-五〇三 郵便番号二〇三-〇〇五三
電話・ファクシミリ〇四二-四二〇-九九九七
郵便振替〇〇一二〇-八-三六〇一九六
http://www.ed-republica.com

印刷……精興社
ブックデザイン……宗利淳一
協力……木村暢恵

IBN978-4-907986-22-3 C0098